名家笔下的老天津

名家笔下的中国老城市丛书

总主编	张祖庆		
主 编	张香娜	咸思琪	
副主编	丛金慧	张 亮	赵秀敏
编 委	曹艳丽	都云雪	范志慧
	琚 丽	卢鑫荔	乔通达
	孙向辉		
朗 诵	柏玉萍		

济南出版社

图书在版编目（CIP）数据

名家笔下的老天津 / 张香娜，咸思琪主编 . —— 济南：济南出版社，2025.7. ——（名家笔下的中国老城市丛书 / 张祖庆总主编）. —— ISBN 978-7-5488-7437-9

Ⅰ . I267

中国国家版本馆 CIP 数据核字第 20258ZC031 号

本书部分文字作品稿酬已向中国文字著作权协会提存，敬请相关著作权人联系领取。
电话：010-65978917，传真：010-65978926，E-mail：wenzhuxie@126.com。

名家笔下的老天津
MINGJIA BIXIA DE LAOTIANJIN

张香娜 咸思琪 主编

出 版 人	谢金岭
图书策划	赵志坚 刘春艳
责任编辑	赵志坚 李文文 孙亚男 刘春艳
封面设计	谭　正
版式设计	刘欢欢
封面绘图	王桃花

出版发行	济南出版社
地　　址	山东省济南市二环南路 1 号（250002）
总 编 室	0531-86131715
印　　刷	济南新先锋彩印有限公司
版　　次	2025 年 7 月第 1 版
印　　次	2025 年 7 月第 1 次印刷
开　　本	170 mm×240 mm　16 开
印　　张	8
字　　数	100 千字
书　　号	ISBN 978-7-5488-7437-9
定　　价	35.00 元

如有印装质量问题 请与出版社出版部联系调换
电话：0531-86131736

版权所有　盗版必究

序

  每座城都是一本书，每本"城书"都有其独特的精神气质。

  生于此城，长于此城，你便与城融在一起，成为城的细胞。城的性格脾气就是人的性格脾气。城与人，相依共存。

  一座有生命的城，少不了市，故曰"城市"。

  城市于人的成长是烙印式的。无论你身在何处，永远不能忘记的是家的味道、城的气息、城的日常。我们怀想它，念叨它，也常会在某个时间点，因见到所居城市的一处景、一个人，甚至一株菜而深情满怀、热泪盈眶。作家池莉在回忆家乡武汉的菜薹时写道："我对菜薹是情有独钟不离不弃到即便它们老了也要养着，花瓶伺候，权当插花……看花时，总不免心生感慨：菜薹噢菜薹，你是我对武汉最深的眷恋。"

  每一座历经千百年的城市，都是一条生命涌动的长河，于风云变幻间，留下吉光片羽。

  一座古老的城市，值得我们细细品读。从显处读，可以是让游人赏心悦目的湖光山色，也可以是令吃客垂涎欲滴的特色美食。但是，仅读这些还不够，我们还要走进城市深处。风采卓绝的人物要读，深厚的文化底蕴要读，明亮的人文精神要读，这样才能走进一座城市的灵魂。

  可是，谁敢说，我们真正读懂了我们所生活的城市？谁又敢说，我们真正触摸到了城市的灵魂？可能，在喧嚣的城市里，孩子还没有静静凝视过家门前那条不知源头的河流，没有留心觉察过城市中不断冒出的楼宇，没有仔细聆听过城市发展的滚滚车轮声。甚至，有这样一种情形——生活在南京的孩子不知道石头城的历史，生活在苏州的孩子没听过评弹，生活在西安的孩子没了解过秦岭的前世今生……

不得不说，这是生命成长中的小缺憾。

中国有个性、有魅力、有文化的城市何其多也！若是有一套中国城市的读本，以名家的文字为城市代言，纵览历史发展脉络，横看现代文明景观，让青少年读者从书中读城市的古今面貌，用脚步触摸城市的现实温度，那该多好啊！我的倡议得到各地名师的积极响应，大家一拍即合，快速行动。我们希望，经由这套书，每位大小读者都能从自己所居之城开启城市阅读之旅，了解城的古今，梳理城的脉络，以城为荣，以城为傲。

人是城市的核心因子。人和城市的相处方式有很多种，阅读城市，理应成为重要的一种。以中小学生喜闻乐见的方式打开城市阅读之门是我们的编写初心。通过阅读名家优秀的文学作品，让孩子建立对城市的文化印象，让城市发展脉络及精神气质化入孩子的生命成长中。

经多次讨论，我们最终把这套书命名为"名家笔下的中国老城市"，初定二十个老城市，分别为北京、上海、杭州、南京、武汉、西安、济南、天津、成都、重庆、绍兴、厦门、苏州、福州、合肥、广州、洛阳、开封、镇江、淮安。"老城市"就是有悠久历史、灿烂文明、独特意蕴的城市，老城市都是有故事的城市。读者能从书中感受到厚重的城市文化与个性迥异的时代特质。城市不分大小，大城有大城的宏伟，小城有小城的韵味。

为城市编书代言，我们深知其中的艰辛。一本小书难以概括一座城市的全貌和气质。尽管如此，我们还是愿意倾尽全力。我们组建了一支有深厚的文化学识和城市情怀的编写团队，他们多是在全国有影响力的特级教师、正高级教师、一线名师。有的名师为了在书中呈现更立体多元、经典可读的城市风貌，通读了几百本相关图书，仍觉得不够；有的名师对"老城市"的"老"做了精准的解读，对丛书的助读系统提出丰富的设计框架；有的名师带领他的"学霸"团队，利用节假日，走进博物馆、图书馆，做了大量的文献检索……毫不夸张地说，每个城市的编者都经历了艰苦的"前阅读"。

然而，写城市的文章太多了，选几十篇编入书中，可谓是沙里淘金，且一定遗珠多多。选择什么样的文字呢？经过几番讨论，数易方案，渐渐地，编写组达成共识。我们发现，读城有迹可循。编写团队做了这样的梳理：

1. 依循城市纵横交错的线索，确定框架。为打捞丢失在历史尘埃中的城市老时光，我们做了一番细细耙梳、反复筛选的工作，再沿着"纵""横"两条线索将占有的资料以主题单元的方式呈现。"纵"即城市的历史沿革、发展脉络；"横"就是城市当下的多面向文化叙事，包含景观、习俗、人物、美食、童谣等。这样编排，既有历史的纵深感，又有现实的亲切感，丰富博大的城市概貌就有可能浓缩在一本小书中。

2. 充分考虑读者对象，精准定位选文方向。本丛书的主要读者是中小学生，兼顾其他年龄段读者，所选文章多是可读性、文学性俱佳的名家作品。很多写城市的书只是给大人看的，客观介绍一座城市，文字也不够浅近，孩子难免会觉得枯燥。从这个意义上来说，这是一套定制版的城市文学读本，这一特色让本套丛书有别于其他城市主题的书。

3. 让"行读城市"成为一种新的生活方式。读城市，最终要走到城市中。本丛书有一个重要的编写思想，那就是跟着编者行读城市。二十个城市读本中，有的将研学作为一个单独章节，有的则将其融合在各个章节中。无论采用哪种形式，小读者们都能从书中读到书外。一本书就是一座城的博物馆"入场券"，儿童（或成人）经由这张"入场券"，走进城市文明深处。

以《名家笔下的老武汉》为例，我们来一睹老武汉的城貌——全书分为八个章节，从《日暮乡关何处是》到《踏破铁鞋无觅处》《忙趁东风放纸鸢》，将江湖武汉、火辣辣的武汉、因爽而快的武汉生动地展现给读者。每一章都有"导读""群文探究"，每一篇都有"读与思"。读一本书，仿佛在与城市对话、与编者交谈，读者可带着憧憬之心、探究之趣在城的古今穿梭，在城的南北畅游。

编者刘敏动情地说："二十年前，我在武汉读大学。如今，我拖儿带女留在武汉，安居乐业。多少次，我漫步于夜幕中的长江大桥，和灯火一起微醺；多少次，我在汉口江滩，寻觅百年的沉浮……"

不只是武汉，每一座城都值得用心去读。《名家笔下的老西安》编者王林波老师的感言，说出了所有编者的心声："三年多的时间里，我们走街串巷地亲历感受，我们翻阅文献广泛搜集筛选，我们对话作者深度访谈。一切的努力，只是单纯地想为你——亲爱的读者呈现最适合的老城市。"

我们有理由相信，这是一套真正的精华读本。读者站在名师深读的肩膀上鸟瞰城市，深入城市的叶脉、根系，享受读城的步步惊喜，体验读城的无穷乐趣。

亲爱的读者朋友们，"名家笔下的中国老城市丛书"是一座开放的城堡，我们将不断寻觅，让这个城堡的成员更丰富，文化更多元，视野更开阔。我相信，你们的阅读也必然是开放的——读城市的文学、文化、文明，读城市的传说、市井、烟火，读城市的性格、秉性、气质，读城市的人、事、景……自己读，和爸妈、老师一起读，走进城市博物馆，实景考察，深度研学；不仅读"我的城"，还要读"他的城"，因为这都是"我们的城"。

再次翻阅一本本书稿，我心中感奋不已。我仿佛又一次和编者朋友们一道，穿行一座座古城，漫步一条条大街，走进一处处深宅，聆听古老钟声，触摸历史心跳。

人在城中，城在心里；一眼千秋，千秋一卷；一卷一城，读行无疆。

于杭州谷里书院

津门风韵海河情

　　天津是一座怎样的城市？若不是端端正正拿起笔要写她，我不会知道天津是如此不可描摹，说不尽、写不完！

　　天津有自己独特的风韵、情致和性格特色。世纪百年、民国风云、名家名士、茶馆子、戏园子，海的文明、水的脉搏、洋楼里的西餐厅、老城厢里的老味道，裹满了津味的人、情、事、景、物……天津应有尽有。

　　如此包罗万象的天津，却从不急着向你袒露她的全部。她把秘密裹在狗不理包子的十八道褶里，藏在杨柳青年画的鲤鱼眼里，混在相声艺人"逗你玩"的包袱笑料里。若你愿意驻足倾听，那些褪色的门楼、斑驳的桥墩、茶馆里飘出的京韵大鼓，都会成为你打开这座城市之门的钥匙。

　　天津是一座被九河滋养的城市。站在解放桥上远眺，明清时期千帆竞发的漕运盛景，仍在海河的水纹中荡漾。倒映在河中的"天津之眼"的璀璨光芒，与环球金融中心玻璃幕墙的流光相互辉映。粼粼水波中，古老又年轻的光阴故事在此处折叠、流淌。

　　天津是一座被岁月调过色的城市。它将传统与现代、东方与西方的色彩密码编织进基因里，古文化街的琉璃瓦、天后宫的盘龙柱、玉皇阁的飞檐，共同延续着中华文明的香脉与颜色；五大道的小洋楼像孩子们摆弄的积木，哥特式的尖顶、罗马柱的浮雕、巴洛克的涡卷，在海棠花的倩影里讲述着九国租界的往事。

　　天津是一座被人间烟火熏制的城市。老城厢的胡同里，每一个砖缝都能渗出市井烟火的味道。不管你走进哪条胡同，总能闻到炸馃子的油香，总能听到煎饼鏊子与面糊相遇的"滋滋"声。巷子深处，林希先生写的"卫嘴子"们，或许仍坐在老槐树下的马扎上聊着闲天儿；戴圆框眼镜的说书人正比画着霍元甲的迷踪拳；提着鱼篓的老汉扯着嗓门儿喊"二他妈妈，快拿大木盆来"……

来天津，你会发现，这里不只有河流，不只有色彩，不只有烟火；这里还有盘山石径上的帝王题刻，云海中若隐若现的黄崖关长城，垂目俯瞰人间的独乐寺菩萨，七里海湿地芦苇荡里的候鸟；这里还有红墙爬满紫藤萝的领事馆，踞着铁炮的大沽口炮台，木质旋转门转过无数政客名流身影的利顺德饭店……

你若问我天津还有什么，我会告诉你：梁启超的饮冰室内，《少年中国说》的呐喊余音依然绕梁；李叔同故居的钢琴键上，《送别》的旋律依然悠扬；南开大学的马蹄湖畔，周恩来的金色头像仍在闪耀；张伯苓"中国不亡有我在"的呐喊还在林荫间回荡……

这就是天津，永远在陆地与海洋的拥抱里孕育新生，在传统与现代的对话中寻找平衡，在东方与西方的碰撞中互鉴发展。她如同美丽的海河，一边将过去的故事娓娓道来，一边向着未来的入海口奔腾不息。

如果你生活在天津，你可能会骑车路过解放北路的石砌老楼，可能会听到世纪钟的报时声，可能会在古文化街看见"泥人张"的孙悟空。但你是否知道，你脚下的每一寸泥土砖块可能听过义和团的呐喊，见过码头工人的泪与汗，也留下过马帮和驼队的印痕？

即使你没来过天津，你也一定看过书里写的、画里画的、电影里演的天津，也一定听过相声里说的、曲子里唱的天津。我相信，总有一天你会亲自来天津，因为天津有淘不尽的宝，等着拿给你看、说给你听。

你手里的这本书，用名家的笔把天津呈到你面前。当你把它捧在手中，你会发现，它不是一本简单记录历史的手册，它是一张有温度的城市名片。当你读罢全书，站在金汤桥头看夕阳把河水染成蜜色，或许你会懂得，一座城，不只有它的荣光与靓丽，还有它伤痕里的坚韧、皱纹里的故事。这座城市，在它的岁月长河里妥当安放着鲜活的一切：码头工人的汗珠、说书人的惊堂木、胡同口炸馃子的油香，以及无数普通人把日子过成段子的平和……

自明永乐二年（1404）正式设卫至今，天津建城已有600多年的历史。此刻，海河的风正翻动书页，600多岁的天津邀你来赏，等你来读。

张香娜

目录 MULU

第一章　眺望，盘山之巅的渔阳鼙鼓

2　渔　阳 / [唐]杜　甫
3　登天津城楼 / [明]欧大任
5　盘山绝顶 / [明]戚继光
7　清晨入盘山二首 / [清]爱新觉罗·玄烨
8　游盘山记 / [明]袁宏道
11　盘山之谜 / 董秀娜
15　◎群文探究

第二章　追忆，大运河畔的沧海桑田

18　三岔口 / 天津民谣
19　海　河 / [清]高　静
21　丙戌四月随醇邸巡海呈教（其一） / [清]李鸿章
22　河　渠 / [清]张　焘
25　三月十二深夜大沽口外 / 徐志摩
27　小刘庄 / 孙　犁
29　船　歌 / 林　希
32　◎群文探究

第三章　聆听，茶馆相声的曲艺传承

34　四代艺人 / 马三立
38　津门"杂耍"园子忆旧 / 周汝昌
41　回忆在天津开始的戏剧生活 / 曹　禺
45　画扇面 / 天津民歌
47　◎群文探究

第四章　探寻，九国租界的百年风华

50　洋　相 / 冯骥才

55　另一个世界：我在天津租界里的童年 / 汪兆骞

58　拜访芸姑妈 / 林　希

62　◎群文探究

第五章　体会，津门民俗的匠心独运

64　鼓一张 / 冯骥才

68　泥人张 / 冯骥才

71　名满天下"风筝魏" / 于　淼

73　实用剪纸艺术 / 肖克凡

76　◎群文探究

第六章　品味，九河下梢的津味美食

78　津门百咏·酒馆 / ［清］崔　旭

80　杨柳青 / ［明］吴承恩

82　桂发祥麻花 / 刘建章

85　狗不理 / 冯骥才

88　耳朵眼炸糕 / 王　越

91　名人与津味美食 / 由国庆

95　◎群文探究

第七章　流连，渤海之滨的璀璨明珠

98　天　津 / ［明］李东阳

99　发桃花口直沽舟中述怀 / ［明］成始终

100　津门百咏·天津关 / ［清］崔　旭

101　点绛唇 / ［清］爱新觉罗·玄烨

102　天津颂 / 吴祖光

104　三条石 / 武　歆

108　津南葛沽一瞥 / 邱华栋

111　◎群文探究

研学活动：沽上风华

第一章　眺望，盘山之巅的渔阳鼙鼓

山河画卷悠然展，霞光万道倾盘顶。

　　风景秀丽的盘山，不仅山川壮美，还承载着厚重的历史。白居易《长恨歌》中"渔阳鼙鼓动地来，惊破霓裳羽衣曲"一句，描述了安禄山在渔阳（今天津蓟州区一带）起兵叛乱的史实。尽管"渔阳鼙鼓"的声响已消散在历史长河中，但登上盘山之巅极目远眺，或许仍能想象当年安禄山在此挥师叛乱的场景。"渔阳鼙鼓"所代表的历史事件和文化意义，如同盘山的风景，历久弥新，吸引着无数文人墨客前来游览、题咏。

扫码立领
★ 名师朗读
★ 美文微课
★ 城市印象
★ 老城记忆

渔 阳

◎ [唐]杜 甫

渔阳突骑犹精锐,赫赫雍王①都节制。
猛将②翻然恐后时,本朝不入非高计。
禄山北筑雄武城③,旧防败走归其营。
系书请问燕耆旧,今日何须十万兵?

注释

①雍王:即唐德宗李适。宝应元年(762),鲁王李适改封雍王。雍王统兵十余万,进讨史朝义,肩负起与安史叛军决战的使命。

②猛将:指降将。薛嵩以四州来降,张忠志以五州来降。

③雄武城:安禄山造反时,筑垒于范阳北,号雄武城,峙兵聚粮。

读与思

宝应元年(762)冬日,杜甫听闻雍王统兵进讨史朝义,写此诗讽劝燕地叛军归降。你对"安史之乱"了解吗?请和你身边的朋友说一说。

登天津城楼

◎ [明] 欧大任

高城①秋气已悲哉，一出金门②驿路催。
天远渔阳③青燧④断，日斜沧海白云来。
江南十郡荒何救，辽左⑤诸军戍不回。
百万材官⑥今扼险，胡琴羌笛未须哀。

注释

①高城：指天津城楼，这里代指天津城。
②金门：汉代宫门名，这里借指明朝的京城之门，代指京城。
③渔阳：古地名，在今天津蓟州区一带，这里泛指北方边境地区。
④青燧：即烽火，古代边防报警的信号。
⑤辽左：指辽东，在今辽宁东部一带，是当时明朝重要的军事防御地区。
⑥材官：汉代指训练有素的勇武之士，这里泛指明朝的军队。

名家笔下的老天津

读与思

　　这首诗表现了诗人忧国忧民的情怀。诗人登高远眺，通过描绘"秋气"传达了肃杀的氛围，暗示时局动荡。在这种困境下，诗人仍发出"百万材官今扼险，胡琴羌笛未须哀"的感叹，流露出不屈的斗志和坚定的信念，表达了对未来的期许。

盘山①绝顶

◎ [明] 戚继光

霜角②一声草木哀,云头对起石门开③。
朔风房酒不成醉,落叶归鸦无数来。
但使玄戈④销杀气,未妨白发老边才。
勒名⑤峰上吾谁与?故李将军舞剑台⑥。

注释

①盘山:又名盘龙山,在今天津市蓟州区西北。
②角:古时军中的一种乐器,号角。
③石门开:两峰对峙,中间如开着的石门。
④玄戈:一种兵器。横刀,有长柄。
⑤勒名:在石上刻下姓名。
⑥舞剑台:相传是唐代李靖舞剑台。

名家笔下的老天津

读与思

全诗以景寓情,情景交融,自然得体。诗人用"霜角""朔风""落叶""归鸦"等意象,描绘出深秋的景色,静中有动,声色俱存。"但使玄戈销杀气,未妨白发老边才"是全诗的传神之笔,也是后世传诵的名句。当时,诗人年富力强,欲施展抱负,登高远望之时心旷神怡,万物容于胸中,故欣然命笔于纸上。这首诗意境开阔、形象鲜明、格调高昂,使人读来如临其境、如见其人,使人奋发向上。读完这首诗,你的心情是怎样的呢?

清晨入盘山二首

◎ [清] 爱新觉罗·玄烨

其一

日出入盘山，宸游草木间。
村庄人尽望，处处水潺潺。

其二

当年乘辇到，今日复来游。
山水不同色，泉声还细流。

> **读与思**
>
> 此诗为康熙帝巡游盘山时所作。诗中"当年乘辇到"暗指其多次巡幸的历史，"复来游"则体现康熙帝对盘山自然景观的反复探访与情感寄托。请你参考相关资料，了解康熙帝多次登临盘山的原因。

游盘山记

◎ [明] 袁宏道

盘山①外骨而中肤。外骨,故峭石危立,望之若剑戟黑虎②之林;中肤,故果木繁,而松之挟石罅③出者,欹嵚④虬曲⑤,与石争怒,其干压霜雪不得伸,故旁行侧偃,每十余丈。其面削,不受足,其背坦,故游者可迂而达。其石皆锐下而丰上,故多飞动。其叠而上者,渐高则渐出,高者屡数十寻⑥,则其出必半,反焉若半圮⑦之桥,故登者栗。其下皆奔泉,夭矫⑧曲折,触巨细石皆斗⑨,故鸣声彻昼夜不休。

其山高古幽奇,无所不极。述其最者:初入得盘泉,次曰悬空石,最高曰盘顶也。泉荠荠行,至是落为小潭,白石卷而出,底皆金沙。纤鱼数头,尾鬣⑩可数。落花漾而过,影彻底,忽而之乱。游者乐,释衣,稍以足沁水,忽大呼曰:"奇快!"则皆跃入,没胸。稍溯而上,逾三四石,水益哗,语不得达。间或取梨李,掷以观,旋折奔舞而已。

悬空石数峰,一壁青削到地,石粘空而立,如有神气性情者。亭负壁临绝涧,涧声上彻,与松韵答。其旁为上方精舍,盘之绝胜处也。

(本文为节选)

第一章 眺望，盘山之巅的渔阳鼙鼓

注释

①盘山：在今天津市蓟州区西北，以盘旋得名。
②羆（pí）虎：比喻武士。羆，熊的一种。
③罅（xià）：裂缝。
④敧（qī）嵚（qīn）：高峻的样子。
⑤虬（qiú）曲：盘曲。
⑥寻：古代长度单位。
⑦圮（pǐ）：坍塌。
⑧夭矫：屈伸自如的样子。
⑨斗（dòu）：指水与石头撞击。
⑩鬣（liè）：鱼颔旁小鳍。

译文

盘山外层是岩石，里面是肥沃的泥土。由于外层是岩石，所以陡峭的山岩高高耸立，望去如手持剑戟的武士林立；因为里面是肥沃的泥土，所以果木繁茂。从石缝中钻出来的松树，高大盘曲，与岩石相争比高，树干被霜雪所压而不能伸展，所以旁生侧卧，往往有十余丈长。盘山正面陡峭，难以容纳双脚；背面平坦，因此游人可以绕到背面登上山顶。山石都是下部尖细而上部宽阔，所以大多数石头呈现出灵动欲飞的动态感。那些层叠向上的，越叠越高，越高就越往外伸，高的往往有数十寻，那就必定半侧着伸出来，像半塌的桥，令登山者害怕、发抖。山石之下到处都是奔流的泉水，泉水屈曲前行，与大大小小的石头碰撞，所以水声昼夜不停。

那山高古幽奇，没有什么景观不具备，说说它最好的几样吧：进山时看见的叫盘泉，其次是悬空石，最高处的叫盘顶。沿着盘泉走进山中，泉水在这里汇聚成一个水潭，潭底都是白色的石头，铺满了金色的沙子。水中有几条小鱼游动，鱼鳍、鱼尾都清晰可见。偶尔会有落花，影子直达潭底，一会儿又随水波乱了。我们这些游人见了十分高兴，脱去衣服，稍微用脚触碰水面，便大叫："痛快！"于是都跳下水去，水深齐胸。我们逆流而上，绕过三四块大石，水声渐渐大起来，我们都听不见彼此说话。有时拿梨子、李子投入水中，只见那些梨子、李子只是在水中回环盘旋，上下浮沉而已。

悬空石是几座山峰，其中一座深色的山峰拔地而起，峰顶有一块大石悬空而立，很像一个性情中人。旁边有一亭，背靠山壁，下临深涧，涧水声向上，与风中松涛相和。亭旁是上方精舍，是盘山风景绝佳的地方。

读与思

《游盘山记》是明代文学家袁宏道创作的一篇游记。这篇游记先以"盘山外骨而中肤"一句概括盘山的总体风貌特色；然后有层次地选择引人注意的景点"述其最者"，如盘泉、悬空石、盘顶等，刻画详细，脉络十分清楚；其间还穿插游者心态的细节描写，如游泉者大呼"奇快"，可谓生动传神，妙趣横生。你对文中的哪一个景点感兴趣？说说你感兴趣的原因。

盘山之谜

◎董秀娜

不熟悉的朋友总以为我是蓟县人,至少老家是蓟县的。因为我常常住在蓟县山里自己家的小院;因为我采写了许多蓟县的人物和故事;因为我为蓟县写过五六本书。其实,我不是蓟县人,却与蓟县有着很深的缘分。

回想起来,我与蓟县最初的缘分其实是从盘山开始的。记得那是1987年,我还在一家工厂里上班,除了当工人以外,还兼任了一个社会职务:车间工会主席。虽然这个职务没有待遇,而且必须在完成本职工作以后去做这项工作,但我还是充满了热情,乐此不疲。

我喜欢旅游,因此我这个"车间工会主席"的工作侧重点就是组织职工去旅游。那时旅游不可能走得很远,因为时间有限(每周只休息一天)、资金有限,只能当天往返,蓟县便是最合适的选择了。

当年从市区到蓟县大巴车需要走4个多小时,因为没有高速公路,只能走津围公路。我们把吃的喝的都带上,有大饼、鸡蛋、火腿肠、腌黄瓜,还有一大瓶凉白开。我们的孩子都还小,聚在一起出游特别高兴。

选择景点是我这个"车间工会主席"的事。那时蓟县不像现在这样有很多景区,记忆中只有盘山、独乐寺。经过商议,我们决定去的第一个景点就是盘山。

盘山横亘在巍峨的燕山山脉上，在蓟县县城的西北方向12公里处，总面积106平方公里。在历史上，盘山曾经被称作盘龙山、无终山、田盘山、四正山。盘山曾被列为中国的十五大名胜之一，1994年被列入国家重点风景名胜区。那时我们觉得，蓟县就是盘山，盘山就是蓟县。

盘山不仅有秀美独特的自然风光，还有很多名胜古迹和记载千年的古老文化。可能盘山距离北京更近，因此盘山也被称作"京东第一山"。第一次上盘山，我们便被盘山的巍峨、峻美所震撼。一路上山，有山景、有水景、有石景、有松景，工友们个个兴高采烈。没有导游的引导，当时我们并不了解盘山那些著名的"五峰八石""三盘胜境"在哪里，只是觉得石头奇形怪状，非常奇妙。那时也没有索道，我们没有到达主峰挂月峰。

在上山的路上，我们经常听见水流的响声。循声望去，即刻找见一条水流，水就像一把神奇的斧子，把山上的石头修剪成了一个个奇特的景观。那天我才真的理解了什么叫"滴水穿石"。听当地人说，那时的盘山上还有自然流淌的7条水系：飞帛涧、上甘涧、东甘涧、西甘涧、响涧、龙潭涧、城口涧。这7条水系世世代代、日日夜夜地奔流。后来，这些水系逐渐不再奔流，有的只变成了地名。后来我多次再上盘山，除了在雨季以外，很难看到那些自然流淌的水了。有一次，我看见了从山上冲下来的瀑布，后来得知水是用水泵打上去的。

虽然已经过去了30多年，但我翻看老照片时，看到很多照片都是在大石头旁边拍的，而且那些石头多是摩崖石刻。自古以来，历代皇帝经常到盘山来，有名的文人墨客也经常到盘山来。从东汉开始，唐、辽、金、元、明、清历代皇帝都曾经在盘山大兴土木，辟山建寺，把盘山作为重要的旅游胜地。清代乾隆皇帝就曾经32次到盘山，留下了歌咏盘山的诗作1700多首。书法家把这些名人的诗写下来，石匠把书法家的字刻在石头上，虽然经过了历朝历代，但是石头上的字依然被保存下来。

记得在登山途中，我们曾在盘山上的天成寺休息。那时的天成寺是看上去比较老旧的古建筑，很有特色。我们没有见到僧人（也许是因为僧人没有穿特定的服装）。寺庙的门外有人卖汽水和煮鸡蛋。当地人说，盘山曾经有72座寺庙，最兴旺的时候有僧尼近千人。因此，也有人把盘山叫作"东五台山"。但那次上山，我们没有见到其他寺庙。

天成寺历史悠久，是盘山72座寺庙中唯一保留至今的寺庙。我们进入天成寺，了解到这座寺庙始建于唐代，在辽代、明代、清代都进行了扩建和重修。正殿供奉着佛祖释迦牟尼，佛祖的背面供奉着倒坐观音，东西两侧有十八罗汉。正殿的西面有唐代建造的古佛舍利塔。现存的塔是辽代天庆年间，也就是公元1111年至1120年间建造的。相传塔内曾经有神龙亲奉佛舍利3万余颗。明代崇祯年间重修了这座塔。天成寺到现在还是香火旺盛。过去的天成寺也叫天成福善寺，也有人叫它天成法界。

古佛舍利塔就在大殿的附近，通高22.63米，每边长3.38米，为8角、13层的密檐式塔。塔基由花岗岩的须弥座和3层仰覆莲花组成。塔身的正面有门，内有佛龛，侧面有浮雕的花窗。出檐为仿木砖雕斗拱，结构十分精巧。在13层密檐上，挂有104个铜铃。当山风徐徐吹来的时候，悦耳的铜铃声传遍山谷。在塔的前面，有一株千年的古柏与塔相依而立。这棵古树透着沧桑和古老，全身筋骨裸露，使古刹更加神秘和庄严。淡黄色的古塔与身后的翠屏峰和飞流而下的飞帛涧交相辉映，组成了一幅"塔影穿幽壑，晴岚迭翠屏"的天成美景。天成寺周围的景点很多，有卧云楼、八角戏楼、江山一览阁等名胜古迹，还有梅仙洞、涓涓泉、和尚塔等自然景观。记得盘山上的山洞也很多。但那时，我并不知道"白猿洞""石龛""黄龙祖师洞""法华洞""无量寿佛洞""桃园古洞"这些山洞的名字。这些名字是后来我在和吴佑庭先生合著《盘山典故传说》一书的时候才知道的。孩子们看见山洞很好奇，就想钻进去，但我们紧紧拉住孩子们，没让他们进去。我们觉得那些山洞深不可测，害怕洞里会有什么动物伤了孩子。

第一次登盘山给我留下了深刻的印象。回来后，盘山就像一个谜团经常萦绕在我的脑海里。那些大石头上的字都是谁写的？曾经的72座寺庙为何不见了？那些雄奇的山峰叫什么名字？……那时的盘山，在我的心里隐隐约约、深不可测，非常神秘。

读与思

《盘山之谜》是董秀娜对盘山这一名胜的深情回忆。作者通过个人的旅行经历，生动描绘了盘山的自然风光和人文历史。在她的笔下，盘山不仅是天津重要的地理坐标，还是她心灵世界的寄托。你对文中的天成寺感兴趣吗？说说你的理由吧。

群文探究

1. 盘山，古时称盘龙山、无终山、田盘山、四正山。读了本章内容，你对盘山有了多少了解？写一写你对盘山的初步印象吧。

2. 如果用一个词语形容盘山，"神秘"两个字最贴切。盘山自古以来就有着无数的神秘传说。请你参考董秀娜的《盘山典故传说》一书，揭开盘山的神秘面纱，积累你感兴趣的典故。

3. 在《游盘山记》中，袁宏道笔下的盘山景色充满诗意。如果请你将文中描写的盘山景致绘成一幅画，你会着重展现哪一部分画面？试着画一画，并说明你的理由。

4. 假如你是一名导游，要带领游客游览盘山，请你结合本章诗文和自己的生活实际，设计一段导游词。

第二章　追忆，大运河畔的沧海桑田

古今潮起千层浪，三岔河口岁月流。

运河文化是天津城市文化的重要组成部分，其中"北、南运河天津三岔口段"被列入《世界文化遗产名录》，它承载着丰富的历史内涵和独特的文化底蕴。大运河天津段开凿于元代，包括天津至北京通州的北运河和天津至山东临清的南运河的一部分。这里有类型丰富的文化遗产，如静海九宣闸、独流木桥、天后宫等。它们讲述着天津与大运河的深厚渊源，见证了天津600多年的历史风云，孕育了天津独特的文脉和商脉。

扫码立领
★ 名师朗读
★ 美文微课
★ 城市印象
★ 老城记忆

名家笔下的老天津

三岔口

◎天津民谣

三岔口，停船口，南北运河海河口。
货船拉着盐粮来，货船拉着金银走。
九河下梢天津卫，风水都在船上头。

清代《潞河督运图》局部

读与思

这首反映天津漕运盛况的民谣，读起来朗朗上口，在天津广为流传。你还知道哪些和天津有关的民谣呢？

海 河

◎ [清] 高　静

左环畿辅①控辽东，输委②深资造化工。
天宇云开三岛碧，海门③日出五更红。
一湾河向旧塘注，两岸台临巨壑雄。
战守势成防卫在，安澜④粮运集艨艟⑤。

名家笔下的老天津

注释

①畿辅：指京师，今北京。
②输委：指水流汇聚。
③海门：河流入海处。
④安澜：河流平静，没有泛滥现象。比喻社会安定、太平。
⑤艨艟（méng chōng）：古代的一种战船。

读与思

　　《海河》是清代诗人高静对海河壮丽景色与战略意义的深刻描绘。首联讲海河环绕京师且与辽东相控，突出了海河地理位置的优越性。中间两联以"碧"与"红"的色彩对比和"两岸台临巨壑雄"的开阔视野，描绘了海河的壮丽景色，表达了诗人对海河的热爱与赞美。尾联则强调了海河在"战守"与"粮运"方面的重要性，让读者仿佛看到清代海河上船只来来往往的繁忙景象。海河不仅是天津的母亲河，更是中国北方的重要水系之一。你还知道哪些描写海河的诗句？和家人、朋友说一说。

丙戌四月随醇邸巡海呈教（其一）

◎ [清] 李鸿章

雕弓玉节出天阊，士女如山拥绣裳。
照海旌旗摇电影，切云戈槊耀荣光。
伙飞禁旅严千帐，罗拜夷酋列几行。
德协谦尊齐赞颂，力辞黄屋福威扬。

读与思

　　这首诗是1886年李鸿章随醇亲王巡阅北洋海防时所作，表达了李鸿章对国家海防的重视以及对抗外侮的决心。"照海旌旗摇电影，切云戈槊耀荣光"描绘出海上阅兵的壮观景象，彰显了洋务运动中建立的海军的力量的强大与威严。"伙飞禁旅严千帐，罗拜夷酋列几行"则体现了当时洋务派通过学习西方军事技术增强军事力量，以在列强面前展现实力的意图。

　　在这一时期，中国正处于列强环伺、内忧外患之际。"洋务运动"并未完全取得成功，内外矛盾依然突出。在这样的背景下，李鸿章希望通过整饬海防、加强训练来提高国家的军事实力，保卫国家的领土主权。

河 渠

◎ [清] 张 焘

城东北二百步,为白河、卫河之尾闾,交流汇入海河,名曰三岔河口。

白河,即北运河。其源来自边外,达入密云县石塘岭关,由牛郎山而来。两岸皆白沙,不生青草,故名。又名潞河。由天津舟行北上,曲折至通州,计水程三百五十里。由通州晋京,陆程四十里。

卫河,即南运河,人呼御河,古名清河。由天津溯流而上,向南经山东,通河南卫辉府,再过黄河,由江苏越扬子江,至浙江杭州为止,宛延四千余里。

北运河分派,有东河,即芦台河。由贾家大桥、锦衣卫桥、陈家沟东去,入塌河淀。一名大河淀。距城四十里,北运河借以蓄泄者也。上无来源,下通潮汐,东南有小河,入七里海。

清代《潞河督运图》局部

白河分派，均在城北数里。有下西河，即子牙河，由虹桥通冀州、深州、广平府、磁州等处。又有上西河，即大清河，由西沽通三角淀，达保定府。

译文

在城的东北方向二百步的地方，是白河和卫河的下游末端。两条河交汇后一同流入海河，这个地方叫作三岔河口。

白河，也就是北运河。它的源头在边疆之外，水流到达密云县的石塘岭关，从牛郎山方向流过来。河的两岸都是白色的沙子，没有青草生长，所以有了这个名字。它又叫作潞河。从天津乘船向北行进，河道曲折延伸，一直到通州，计算一下水路行程有三百五十里。从通州再前往京城，走陆路的话行程是四十里。

卫河就是南运河，人们称它为御河，它古代的名字叫清河。从天津逆着水流向上游走，往南经过山东，连通河南的卫辉府，再渡过黄河，经过江苏跨越扬子江，一直到浙江的杭州才结束，曲折延伸四千多里。

北运河有分支河道，其中有一条东河，也就是芦台河，它从贾家大桥、锦衣卫桥、陈家沟向东流去，流入塌河淀。塌河淀也叫大河淀，距离城有四十里，它是北运河用来蓄水和排水的地方。这条河的上游没有源头，下游与潮汐相通，在它的东南方向有一条小河，流入七里海。

白河的分支河道，都在城北面几里的地方。有一条下西河，也就是子牙河，它从虹桥连通冀州、深州、广平府、磁州等地。还有一条上西河，也就是大清河，它从西沽连通三角淀，一直通到保定府。

名家笔下的老天津

读与思

　　《津门杂记》由清代张焘所撰,描述了天津城的历史文化、名胜古迹等内容。本文选自《津门杂记》,描述了天津城东北方向约200步处的河流情况。具体提到的河流有两条:白河,也称作北运河,是海河水系的一部分;卫河,是海河的一条支流,主要流经河南省和天津市。这两条河流在天津城东北交汇,最终汇入更大的水系。这种地理特征对于当时的交通运输、农业灌溉以及城市供水都具有重要的意义。你了解关于运河的知识吗?你还知道哪些运河?

三月十二深夜大沽口外

◎徐志摩

今夜困守在大沽口外：
　　绝海里的俘虏，
　　对着忧愁申诉；
桅上的孤灯在风前摇摆：
　　天昏昏有层云裹，
　　那掣电是探海火！

你说不自由是这变乱的时光？
　　但变乱还有时罢休，
　　谁敢说人生有自由？
今天的希望变作明天的怅惘；
　　星光在天外冷眼瞅，
　　人生是浪花里的浮沤！

我此时在凄冷的甲板上徘徊，
　　听海涛迟迟地吐沫，
　　心空如不波的湖水；
只一丝云影在这湖心里晃动——
　　不曾渗透的一个迷梦，
　　不忍渗透的一个迷梦！

名家笔下的老天津

读与思

　　这首诗通过对大沽口外夜晚景象的描绘，表达了诗人对时代的忧虑和对人生的思考。诗人在大沽口外，望见风雨中摇晃的孤灯，生出许多感慨。他觉得"人生是浪花里的浮沤"，没有自由，亦不能掌控自己的方向，只能随波逐流。"今天的希望"，明天就破灭，空留下"怅惘"。人生的"凄冷"，诗人已经悟透，可又不敢参透。其中有几丝苦涩、几丝不堪。你能感受到作者的伤感吗？

小刘庄

◎孙　犁

小刘庄大街的牌坊，面临着海河的摆渡口。过渡的主要是工人，每到上班下班，小船就忙起来。

宽阔的海河两岸，一直排下去全是工厂。天空滚滚的黑烟和激动的浑浊的水流上下辉映着，黄砖灰瓦的工房中间，不时点缀着一片片青翠的丘陵。两岸工厂紧张的机器声，掩盖着波浪细碎的声响，海河显得很平静、宽广，像劳动者的胸怀一样。

小刘庄是工人集中的住区，和市中心的风格比较起来，它只是一部长篇故事的小小的插曲。但是，它是一个非常热烈充实的插曲，无限的前途要在它身上展开。

在人们的印象里，现在小刘庄不过是像冀中的端村一样的集镇：窄小的胡同，老朽的砖房和低矮的灰土小屋，青年人上工去了，老太太们抱着小孩子在小院子里乘凉玩耍。然而这里的生活显示着一个特点，不论是街上的店铺还是老年人的心情，都集中在那些在工厂里工作的青年人的身上。

黄昏，工人从纺织工厂、硫化厂、骨胶厂下工回来，佩戴着耀眼的奖牌、纪念章，研究讨论着合理化建议的事项。

他们是要回家去的，从河那边顺便买了一些便宜的菜蔬，并向来自内河的老船工打听今年乡村小麦的收成和棉花的种植情形。

街上、小小的庭院里、明净的窗户下面，都因为工人们放工回来热闹起来了。工人们给家属和邻居讲着学到的新鲜道理和工厂里的新鲜事情。

待遇的实际提高，使小刘庄大街面粉的销路增加起来，无谓的奢侈品减少了，合作社增加了朴素实用的货物。在拐角的地方，还有一个鲜花摊，陈列着盆栽的海莲、月季、十样锦，是卖给在职工宿舍住宿的工人的。

小刘庄正在修整街道和那些残破的房子，在边沿上，清除那些野葬和浮厝，浚通那些秽水沟。这里的环境卫生还要努力改善。在摆渡口有一个落子馆，几个女孩子站在台上唱，台下有几排板凳，因为唱的还是旧调，听的人很少。在街中心有一个中年妇女出租小人书，内容新旧参半，只是数量很少。小刘庄应该有一家通俗书店，应该有一个完备的文化馆。工厂的文化娱乐，应该和工人家属教育更密切地结合起来。

读与思

孙犁善于观察，他在《小刘庄》一文中介绍了1950年天津工厂的生活状况："窄小的胡同，老朽的砖房和低矮的灰土小屋，青年人上工去了，老太太们抱着小孩子在小院子里乘凉玩耍。"语言生动具体，富有生活气息。孙犁以自己的细致观察和亲身体会，为改善工人们的生活状况提出了切实的建议，如"应该有一家通俗书店"。你能为小刘庄生活的改善提出更好的建议吗？

船　歌

◎林　希

有九条河穿过我居住的城市，我自幼和船结下了不解之缘，且那时河道上并没有几座桥梁；荒凉的渡口，古旧的木船，还有那沉默的船老大，反而使人们能于喧嚣的市声中得到一点乡思的温暖。

而且，每年我都要沿河道乘船逆水而上，到远处的乡间去看望故土亲人。这时，无论是闲坐在低矮的船舱里，还是漫步在湿滑的船板上，乡间两岸的静谧、河中流水的浪波、缓缓前行的木船正如从琴弦上滑出的一个音符。这时我才听到，船，正在唱着一支它自己的歌。

船歌不是纤夫沉重的步音，船歌也不是船老大的喝唱。人们错把船夫的号子当作船歌，其实那只是船歌在人们心间唤起的回声。

船歌是在船头被分开的流水，船歌是在船尾波动的浪，船歌是木船两侧永远的涟漪，船歌是行进的船。

船歌起始的音符总是充满着怀旧的忧伤，因为每一次启航，首先是一次离别。在船板和大地连接在一起的日子里，船板上飘溢着泥土的芬芳和人群的温暖；在船与大地共同分享忧愁与欢乐的日子里，存在显得坚实。

只是，船有自己的梦。那系在岸边石桩上的缆绳在随着流水的节奏摇晃，未来在召唤，河上的风雨、航程上每一处湍急的水流、水下的礁石和岸边的浅滩，都在向船发出召唤：岸边的平静与闲适不属于你，属于你的岁月里只有航行。

所以，船总是唱着自己命运的歌驶进风风雨雨。船为自己创造的世界里，只有前进和方向。一副木桨、一根撑杆和一只舵，还有船夫沉重的脚步和古铜色的肩膀。前进，是一场搏斗。风的阻挡、水的逆流，只有在河道上拼搏过的人才会知道。原来一条河竟似一座山峰，航行比攀登更艰难，每一寸航程都考验着你的毅力、你的理想。风似一面墙壁，水流是横刀立马的莽汉。只有船行进着，它为自己的行进付出了一切，它以自己付出的一切塑造着自己的形象。

有谁听到过船的呐喊？电闪雷鸣，风撕着船帆，河道上唯一的光明，是船家一双寻觅方向的眼睛。浪劈打着船头，船板发出了咯咯的声响。那几乎使人联想到咬牙切齿的仇恨，联想到惊天动地的吼叫。我看到过，我看到过船似一匹猛兽，咬紧牙关，它至死不肯在磨难面前低头。对于猛兽来说，失败便是受伤被擒；而对于船来说，失败就是沉没。

搏击的船，唱着搏击的歌。在这搏击的歌声中，我比船还要亢奋。尽管我们已经有了千次万次的胜利，但是那毁灭的失败，却一次也不应该有。在旁观的人看来，搏击真是无比壮烈与豪迈，而对于正在搏击中的船、船家和每一位水手来说，搏击中度过的时间，都是一片阴郁。

船，唱着，唱着它自己谱写的歌。

你感知到船歌中浸润的泪水吗？我感知到，并且看到船的泪水；我感知到，而且看到过流泪的船。

不是在风暴中，不是在航程的坎坷中，不是在远航的劳顿中——我看到船的泪水滴落在枯裂的船体下面。那时它长久地扣翻在沙岸上，风与阳光撕裂了它的肌肤，它离开了河道，永远永远地失去了航行的日子。尽管河里还是帆影绰绰，尽管水上依然波浪回荡，只有它被搁弃在沙滩上，那河里的帆、天上的云和水上的浪，对于它都变成了一种嘲讽与奚落。这时我看到已被阳光烤焦的船板上，正从一道道裂缝间向外涌出泪水。那是船的泪水，是它生命的泪水，更是怀念航行、怀念搏击的泪水啊！

有九条河穿过我居住的城市。今天，河面上早已筑起了足够市民通行的桥梁；昔日的渡口处，已连接进带状的沿河公园，水面正有游艇用彩色的旗帜召唤游人。只是，船歌还在河水上回荡，还残留在缓缓的水流和安详的涟漪上。船歌依然吟唱着，吟唱在我的心头。在无声的船歌里，我重温昔日辉煌的梦和美丽的向往。

船，唱着，永远在我的心间吟唱。

读与思

《船歌》中的"船"，不仅仅是一种交通工具，更是一种生活的象征和隐喻。作者在自己的乘船经历中感受到了船歌的韵味，体会到船歌不是简单的号子或歌声，而是船在水面行进时自然发出的悠扬旋律。

作者对船在面临种种困难时依然坚定前行的精神给予了高度赞扬。除了这些，你认为"船歌"还代表了什么精神？

群文探究

1. 天津因运河而兴，运河也见证了天津不同时期的海防与漕运。运河支撑着天津的繁荣发展，同时养育着这片土地上的人民。阅读本章诗文，找一找海河从哪些方面养育了这座城市（建议从交通、文化等方面考虑）。

2. 孙犁在《小刘庄》中提到"小刘庄正在修整街道和那些残破的房子，在边沿上，清除那些野葬和浮厝，浚通那些秽水沟。这里的环境卫生还要努力改善"。运河是天津这座城市的重要水系。近年来，运河的生态环境面临一定挑战，如水生生物种类减少、局部水质变差等。我们要承担起保护"母亲河"的责任。请你为保护运河、维护水系环境，提两条金点子。

第三章　聆听，茶馆相声的曲艺传承

乐在"哏"都，曲满津城。

在天津，没有什么比找个茶馆、听一场地道的相声更惬意的事儿了。一走进茶馆，暖烘烘的热气就扑面而来，里面弥漫着茶香和瓜子香。演员们一上台，精气神十足。说学逗唱，样样精彩。高亢处，直抵人心；低回时，如泣如诉。在这里，时间好像都慢了下来。让我们放下生活的琐碎，就这么舒舒服服地坐着，感受茶馆相声的魅力，享受津味文化的盛宴。

扫码立领
★ 名师朗读
★ 美文微课
★ 城市印象
★ 老城记忆

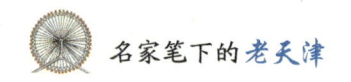

四代艺人

◎ 马三立

我马三立，一九一四年农历八月初六出生在北京。祖辈世居甘肃省永昌县，是回族。曾祖父在运河粮船上当船夫。一八六〇年，也就是清朝咸丰十年，英法联军攻打北京，咸丰皇帝逃到热河；当时太平天国农民起义军闹得很凶，所以民间又有"长毛赶咸丰"之说。兵荒马乱，运河上的粮船烧的烧、沉的沉，我的曾祖父赖以谋生的路也就断了。我的祖父马诚方没有可继承的家业，漂泊江湖，靠着一部《水浒》，托庇三十六位梁山好汉的福气，说评书居然糊住了口，而且娶妻生子，进了北京城，安了家，落了户。

在拾样杂耍中，评书是很古老的一门技艺。唐、宋时就有了评话。据《武林旧事》所记，南宋临安有名的"说话"艺人就有九十六名之多。明代《桃花扇》传奇里的柳敬亭，也是评书艺人。我的祖父说书是在清朝同治、光绪年间，据说，评书艺人也就是从这个时候开始有了门户师传的家谱，排字起名，辈辈相传。我的祖父排"诚"字，起名"马诚方"；"诚"字以下还有"杰""伯""坪""岚""豫"，经数辈才传到"存"字辈。现在天津知名的评书老艺人姜存瑞，就是"存"字辈的。因此，"诚"字这个辈分是很高的了。我们马家的子孙作艺，就是从祖父马诚方说评书开始的。

我的父亲没有继承祖父说书的衣钵，而拜在春长隆、恩绪的名下，学了相声。春长隆和恩绪在相声门中，辈分可能也不低。

恩绪是阿彦涛的徒弟。春长隆和恩绪是两个旗人，阿彦涛也是旗人。春长隆与恩绪是半路出家说相声。阿彦涛、春长隆、恩绪等旗人说相声，比较明显的特点是：从所说的内容到表现手法都趋向文雅，创造了许多属于文字游戏的段子，如《打灯谜》《对对子》《朱夫子》《批三国》《八扇屏》《窝头论》等。讲求幽默尔雅，取笑而不庸俗，在相声中属于"文哏"类别。

我的祖父马诚方与阿彦涛、春长隆、恩绪都是同时代的艺人，而且是好朋友，所以当我父亲九岁的时候，祖父就让他拜了春长隆为老师，学相声，满师之后随恩绪作艺。恩绪收的徒弟都以"德"字排名。我的父亲便得名"马德禄"。在这一辈艺徒中，成名的有名噪京津的"万人迷"李德钖，有技艺造诣较深的裕德隆、焦德海、张德全、周德山、刘德智、李德祥等。他们这八个师兄弟，在清末蜚声京津，有"相声八德"的称谓。

我的父亲十二岁的时候，随师父于北京天桥、鼓楼一带的市场上卖艺，艺名"小恩子"。他已经满师了，难度大的单口、一般的双口以及三人群活都能拿得起来。他能逗，能捧，"贯口活""子母活""倒口活""柳活"都能使。可是跟着师父撂地、下场子，他只能"挑笼子"。"挑笼子"的既要干演出的一切杂活，如打扫场地、摆凳子、打水、敛钱等，还要为师父"使活"，或捧或逗，或在师父说累了的时候"垫场"，

说个笑话，来个单口，或者唱段太平歌词。小恩子把这一切都做得很好，同时又以活儿瓷实、为人老实厚道，博得了师父的信赖与喜爱，于是就由徒弟变成了快婿——恩绪将亲生闺女萃卿许配给了他。恩绪成了我父亲的岳父，也就成了我的外祖父。这就是我的父亲马德禄说相声并以相声技艺传家的渊源。

我和我的哥哥马桂元都跟父亲学相声，可以说是家传。不过，哥哥马桂元是自愿从业的，而我却是被迫"下海"，不得已而为之。且不管是自愿还是不自愿，反正我们兄弟俩都成了马家第二代的相声艺人。

我与哥哥马桂元说相声，都不是父母的初衷。我的母亲恩萃卿，习唱京韵大鼓，为生活所迫随父撂地卖唱。旗人家的闺女，落魄到卖唱，自己觉得实在寒碜，所以非常忌讳说自己是旗人。而我们也像她忌讳说自己是旗人那样，忌讳说母亲是唱大鼓的。正由于这种忌讳，"马三立的妈是干什么的？"没有从我的嘴里说出来过，母亲的职业是"保密"的。在旧社会里，说相声、唱大鼓比唱戏更被轻贱，所以我的祖父、外祖父和父母虽然都是颇有点名气的艺人，而且各自怀有一身技艺，可是被吃"开口饭"的屈辱、"下九流"的帽子压了几辈子。他们恨不得脱离这个行当，把更换门楣的希望寄托在我们哥儿俩的身上。所以，哥哥马桂元和我都是自幼念书，上学堂。马桂元还是天津东马路甲种商业学校的毕业生。父母指望这个长子"学而优则仕"，可是哥哥生在相声马家，来来往往的既无"蓝衫"，更无"紫蟒"，大都是说相声的。哥哥耳濡目染，说、学、逗、唱，信手拈来。

(本文为节选)

读与思

上文中提到的"相声八德"是20世纪30年代初活跃于京津一带著名的八位相声大师。他们分别是：马德禄（马三立的父亲，高寿亭、郭荣起的师父），师从春长隆；周德山（马三立的师父），又名瑞山，艺名周蛤蟆，师从范有缘；裕德隆，德字辈大师兄，艺名瞪眼玉子，师从富有根；焦德海（张寿臣、朱阔泉、常连安的师父），师从徐有禄；刘德智（郭启儒的师父），师从徐有禄；李德钖（马桂元的师父），艺名万人迷，师从恩绪；李德祥（马寿岩的师父），师从恩绪；张德全，艺名张麻子，师从恩绪。

本文选自马三立先生的自传体作品《艺海飘萍录》，书中详细记录了他的艺术生涯和生活经历。马三立是著名的相声表演艺术家，其作品深受观众喜爱。在这篇文章中，他回忆了马家走上相声艺术道路的缘由。你喜欢听相声吗？你还知道哪些有名的相声表演艺术家？和同学交流一下。

津门"杂耍"园子忆旧

◎周汝昌

现今名曰"曲艺"者,乃是改革创新后的雅称。在过去,你若跟"老天津"说这个,没人懂——因为那叫"杂耍"。"杂耍"("耍"读儿化音)是地道的津话。"曲艺"嘛,规格高了,品位尊了,艺人的身份也大大不同了。

为什么叫"杂耍"?

那"杂"字真是传神之笔。在杂耍园子里坐坐,享受得太丰富了,单就我少年时赶上的来说,就有以下诸般节目——

鼓书,有京韵、西河、梨花、梅花、奉天(后改辽宁),还有滑稽大鼓。有河南坠子、荡调、京戏段子清唱、时调。有太平歌词、相声、双簧。有单弦八角鼓。有踢毽、抖空竹、耍钢叉、耍坛子。有戏法儿。有五音联弹……

让你听个够,段段精彩,样样神奇。

如果让我"点将",那可真是数不胜数,而且有不少名字已追忆不清了。只可随我"文路"所及,略举一二。

园子集中在老南市,常到的是天晴、燕东(升平)、玉壶春。"法租界"则以天祥市场的小梨园为一大胜地。这些地方,我都熟悉。

"杂耍园子"风味特殊——天津地

方特色最浓郁了，令人倍感亲切——所以至今难忘。若问亲在哪里、切在何处？我不客气地说出心里话吧：老园子是平等、一气的，台上台下没有畛域，是乡亲、熟人、好友的聚会，互相致意，彼此融合，真得其乐。曲艺改革是把这种民间演艺拉向"高贵化"——高高的台，夺目的灯，不可亲近的"艺术家"，高高在上的派头架势……让你像到了异国的歌厅，天津味、乡亲意，淡薄得趋于"净化"了。也就是说，演者与观众之间的距离拉得太大了。这就是"曲艺"与"杂耍"的不同之处。

老天津的园子里也有"陋习"，改了是对的："看座的"给熟客留好位子，要"小费"，"手巾把儿"满天飞——两个人相距很远扔来扔去而万无一失，是绝技，但很扰人的视听。还有卖糕干的乱串，闹闹哄哄，改掉了是好事。但在回味中，那气氛又有令人留恋的成分。总之，事情是复杂的，简单化的思维与对待，往往连好带坏一起甩掉，变得十分乏味。

拿唱大鼓来说，老规矩长处不少，听我一说。

我赶上的时代已是"文明杂耍"，不许有下流的书词和表演出现。女演员总是在检场人用铃声一催时，从绣帘揭处款步走向鼓架子，轻轻拿起檀板、鼓箭（筒）子，伴着琴师的丝弦，将一曲开场板表演得行云流水、出神入化，那精熟至极的指法弓法，令人心醉。观众正在"神观飞越"的音乐享受之中，忽闻一声鼓板，又戛然而止——此时无声胜有声，人们方从陶醉中醒来——已见那花枝招展的"鼓姬"（旧时俗词）慢启朱唇，向台下说出一段动耳的"京白"。京

名家笔下的老天津

白内容有长有短，名角高手随机应变，不拘死套；一般新上台的小姑娘还不会自己运化，大抵是这么一个模式——

适方才，×××唱了一段（梅花，或其他名目），唱得实在不错。她唱完了，换上学徒我来给您换换耳音。学徒初学乍练，唱不好——唱得好与不好，诸君多多原谅……

这之后，方报出今日要唱的段子名目——而就在同一片刻，那二弦、四胡已悠然启动，款款奏来……

可是，这一切被"曲改"一下子扫净了。早先的那种台上台下亲切交谈、对话，全是"一家人"的气息，完全消失了。

更奇的是，单弦八角鼓，京白夹叙夹唱，报告曲牌的变换名目，是"说唱"的最大特色——也一概"免"了！累得那演员满头大汗，气力不加——而听者只闻一片"眉毛胡子一把抓"，什么节奏抑扬顿挫都"天上有"了。

（本文有删改）

读与思

本文选自周汝昌的随笔集《少年书剑在津门》。在本文中，周汝昌回忆了天津（津门）的传统娱乐场所——"杂耍"园子。这些园子是旧时天津市民休闲娱乐的重要场所，汇集了各种民间艺术形式，如说书、相声、评剧、杂技等。作者通过对园子风貌和当时社会生活场景的描绘，展现了天津独特的文化氛围和民俗风情。你对文中描写的哪一个民间曲艺最感兴趣？把它找来听一听、看一看吧。

回忆在天津开始的戏剧生活

◎ 曹　禺

　　二十世纪二十年代初，我进入天津南开中学读书。南开中学每到校庆和欢送毕业的同学时，都要演戏庆祝，成为一种传统。我大约在十五岁时就加入了南开新剧团，演过很多戏。当时的风气，男女不能同台演出。我在中学时多半扮演女角色。我演的头一个女主角戏是易卜生写的《国民公敌》。那时正是褚玉璞当直隶督办。正当我们准备上演时，一天晚上张伯苓得到通知："此戏禁演。"原来这位直隶督办自认是"国民公敌"，认为我们在攻击他，下令禁演。等他倒台后，此戏才得以演出，很受欢迎。

　　一九二八年十月，剧团公演了易卜生的名剧《娜拉》，由我扮演娜拉。后来我演《新村正》，这是南开新剧团自己写的剧本。那时我已上高中，不是男扮女角，而是男女合演了。

　　南开新剧团经常介绍外国戏，有的加以改编，成为中国可能发生的故事，人物也都中国化了，但主题思想不加更改。这样做，是为了适合我们的舞台条件和观众的接受能力。如我改编过十七世纪法国伟大喜剧家莫里哀的《吝啬鬼》（即《悭吝人》）。戏名改为《财狂》，由我扮演主角。《财狂》在南开中学瑞庭礼堂公演，轰动了华北文艺界，天津《大公报》还出了纪念特刊。

　　南开新剧团对我的影响很大。我原想学医，两次报考协和医学院，都没考上；后来考入南开大学学政治，但是学不进去。在南开和以后在清华大学时,我得到图书馆的许可,可以进入书库,在那里浏览较广,从有关先秦哲学的简单著述,到浅近的有关马克思学说的书,更多的是读中外文学和戏剧图书。由于南开和清华大学的环境,我得到一些知识。南开新剧团的活动,启发了我对戏剧的兴趣。我慢慢产生放弃学科学的想法,终于走上从事戏剧的道路。

我很留恋青年时代在天津的这段生活。我从十五岁至今天(七十二岁),一直从事戏剧工作。南开新剧团是我的启蒙老师:不是为着玩,而是借戏讲道理。它告诉我,演戏是很严肃的,是为教育人民、教育群众,同时自己也受教育。它使我熟悉舞台,熟悉观众,熟悉应如何写戏才能抓住观众。戏剧有它自身的内在规律,不同于小说或电影,掌握这套规律的重要途径,就是舞台实践。因此,如何写戏,光看剧本不行,要自己演;光靠写不成,要在写作时知道在舞台上应如何举手投足。

体验生活是近来才有的词,我写《雷雨》《日出》当然也得体验生活。这两个戏的故事情节都是我天天听得见、看得到的亲戚、朋友、社会上的事。有人说《雷雨》的故事是影射周学熙家,那是无稽之谈。周家是个大家庭,和我家有来往,但与故事毫无关系。我只不过是借用了一下他们当年在英租界的一幢很大的、古老的房子的形象。写鲁贵的家,取材于老龙头车站(东车站)一道铁道栅栏门以外的地方。过去,那个地方很脏。《雷雨》的剧本最后是在清华写完的。《日出》一剧,事情完全在天津,当然和上海也有关系,如写交际花一类的事。地点也可以说基本是在天津惠中饭店,另外是南市"三不管"一带的地方。《日出》中砸夯,是天津地道的东西。工人是很苦的,那时盖房子、打地基，没有机器。一块大铁饼，分四个方向系绳，由四个人用力举起，然后砸下，一面劳动一面唱，节奏感很强，唱起来也很有劲。他们唱的都是一段段故事，也有即兴打趣的内容。我一看就是两三个小时。写在《日出》里的夯歌，是我自己编的词。

天津的话剧活动并不只有南开中学一家活跃，很多中学都在演戏。汇文中学、新学书院，还有一个外国的女子学校都在演。黄佐临是新学书院院长，是很有名的戏剧导演。他的女友丹尼用英语演的莎士比亚的《如愿》，是由他亲自导演的。他还请我去看过。

天津的话剧运动在"五四运动"以前就开始了。周恩来同志就是当年南开编演新剧的积极分子。一九一五年南开学校十一周年校庆时，他参加演出新剧《一元钱》，获得很大成功。我比周恩来同志小十二岁，在学校时没有见过他。后来我听说邓颖超同志也演过戏，我看见过她扮演男角色的照片。那时南开中学男生扮演女角，女中部是女生出演男角，男女不能同台演出。再早的时候，革命党人王钟声，一九〇七年在上海组织新剧剧团"春阳社"，上演《黑奴吁天录》。一九〇九年，他带领剧团北上，曾在当年日租界下天仙戏院演出《爱国血》《秋瑾》《徐锡麟》等爱国的、反帝反封建的、反袁世凯的戏。这些都是由刘木铎编写、王钟声演出的，极受观众欢迎。这是天津最早的话剧运动。后来王钟声被袁世凯的亲信张怀芝杀害。

天津是革命话剧发祥的地方，对戏剧发展很有贡献。当初搞话剧运动资料的同志们不知道北方也贡献了不小的力量。周总理曾经一再对我谈，要把天津和北方其他各地的早期戏剧运动写上去。周总理也和戏剧家凤子谈过："为什么北方这么重要的戏剧

名家笔下的老天津

活动一点都不谈呢？"天津造就了很多人才，天津话剧运动的贡献是值得一提的。

（本文有删减）

读与思

曹禺，原名万家宝，字小石，出生于天津，1922年入读南开中学，并参加了南开新剧团。作为中国现代话剧史上成就最高的剧作家，其代表作品有《雷雨》《日出》《原野》《北京人》等。他所创造的每一个角色，都给人留下了深刻的印象。1934年曹禺的话剧《雷雨》问世，在中国现代话剧史上具有极其重大的意义，它被公认为是中国现代话剧成熟的标志。曹禺也因此被誉为"东方的莎士比亚"。请你选择一部感兴趣的话剧，和小伙伴一起欣赏吧。

画扇面

◎天津民歌

天津卫城西杨柳青,
有一个美女白俊英,
专学丹青会画画啦,
这佳人,十九冬,
丈夫南学苦用功啊,
眼看着来到四月当中。

四月立夏刮起热风,
白俊英在房中赛如笼蒸,
手拿扇子留神看哪,
高丽纸,白生生,
洋漆骨子血点红啊,
扇面以上缺少工程。

八仙桌子放在当中,
各样的颜色俱都现成,
扇面铺在桌子上啊,
心思想,暗叮咛,
上面先画两座城啊,
显一显手段敬敬明公。

名家笔下的老天津

读与思

　　天津城西杨柳青,是一个有着多年民间绘画传统的地方。围绕着这一传统,天津产生了不少动人的民间故事,民歌《画扇面》就是其中之一。清代,杨柳青的白俊英是一名优秀的绘画艺人。她聪明贤惠,美丽善良,嫁给了当地一位读书人。那一年北京开科考试,白俊英的丈夫也上京应试。谁知丈夫走后,白俊英足足等了三年,未见丈夫的丝毫音信。她有心上京去寻找,但是那么大一座京城,她又从何找起呢?有一位卖唱的流浪艺人说:"我替你去找吧。"于是,这位艺人便把白俊英的事迹编成了唱词,先到北京去唱。他想,如果白俊英的丈夫听到,肯定会回家的。谁知他唱遍了北京城,也没有白俊英丈夫的半点音讯。他就又到河北、山西、东北各地去唱,走一路唱一路。他最后找到白俊英的丈夫了吗?我们不得而知。反正这首《画扇面》的民歌是借此流传开了。

群文探究

1. 说书、相声、评剧等传统艺术形式，需要观众有足够的耐心和时间去欣赏。在今天快节奏的生活状态下，这些传统艺术流失了部分年轻观众。对此你有什么看法？谈谈你的理解。

2. 太平歌词是相声中"唱"的重要组成部分，对于相声的发展起着重要的作用。请你找来太平歌词版本的《画扇面》，读一读，看看它有什么特点。

3.随着茶馆、戏院等传统活动场所的逐渐衰落，相声、大鼓等传统曲艺失去了部分展示和传承的平台。同时，因为学习周期长、淘汰率高、收入不稳定，愿意投身传统曲艺的年轻人越来越少。如果让你对传统曲艺进行学习和传承，你是否愿意？请说说你的理由。

4.如果让你向学校的老师、同学推荐茶馆相声，你会设计一个怎样的宣传海报？试着画一画或者用生动的语言描述海报的内容。

第四章　探寻，九国租界的百年风华

九国租界百年事，五洲风韵津门情。

"一座天津卫，半部近代史。"斑驳的古建筑、悠长的青石板、华丽的钟楼、尖顶的教堂……你眼前的这些景色，不是欧洲的街景，而是中国的天津。欧式的浪漫与中式的典雅在此交融，漫步其间，仿佛穿越到了那个风云变幻的年代。作为九国租界的天津，经历了多少风雨飘摇的岁月，才将那段历史通过一栋栋建筑展现在我们眼前。天津是一本厚重的书，每一页都写满了故事，正在等待你翻阅。

扫码立领
★ 名师朗读
★ 美文微课
★ 城市印象
★ 老城记忆

洋 相

◎冯骥才

自打洋人开埠,立了租界,来了洋人,新鲜事就入了天津卫。"租界"这俩字过去没听过,黄毛绿眼的洋人没见过,于是老城这边对租界那边就好奇上了。

开头,天一擦黑,人们就到马家口看电灯,那真叫天津人开了眼。洋人在马家口教堂外立根杆子,上面挂个空心的玻璃球,球上边还罩个铁盘子,用来遮雨。围观的人不管大人小孩全仰着脑袋,张着嘴,盯着那个神奇的玻璃球,等着瞧洋人的戏法。天一暗下来,那玻璃球忽地亮了,亮得出奇,直把下边每张脸全都照亮,周围一片也照得像大太阳地,人们全都"哎哟"一声,好像瞧见神仙显灵了。洋人用吗鬼花活儿叫这个玻璃球一下变亮的?

再一样,就是冬天里去南门外瞧洋人滑冰。南门外全是水塘河道,天一上冻,结上光溜溜的冰,那些大胡子、小胡子和没胡子的洋人就打租界里跑来,在鞋底绑上快刀,到冰上滑来滑去,转来转去,得意至极。他们见中国人聚在河堤上看他们,更是得意,原地打起旋儿来,好比陀螺。有时玩不好,一个趔趄摔屁股蹲儿,或者四仰八叉躺在冰上,引来众人齐声大笑。当时有位文人的一首诗就是写的这情景:

脚缚快刀如飞龙,
舒心活血造化功。

第四章 探寻，九国租界的百年风华

跌倒人前成一笑，

头南脚北手西东。

不久，就有些小子去到租界那边弄洋货，再拿回到老城这边显摆。一天，一个小子搬了个自鸣钟到东北角大胡同的玉生春茶楼上，摆在桌上，上了弦，这就招了一帮人围着看，等着听它打点。到点打钟，钟声悦耳，这玩意儿把天津人镇住了。茶楼上一天到晚都坐满了人，把玉生春的老板美得嘴都闭不上了，说要管那个抱钟来的小子免费喝茶吃东西。

没过十天，玉生春又来个中年人，穿戴得体，端着一个讲究的锦缎包，先摆在桌上，再打开包，露出一个挺花哨的鎏金的洋盒子，谁也不知干吗用的。只见他也拧了弦，可不打点，盒里边居然叮叮当当奏出音乐，好听得要死。人称这小魔盒为"八音盒子"。这一来，来玉生春喝茶看热闹的人又多一倍，连站着喝茶的也有了。

不多时候，老城东门里大街忽然出现一个怪人，像洋人，又不像洋人，中等个，三十边儿上，穿卡腰洋褂子，里边小洋坎肩，领口有只黑绸子缝的蝴蝶，足蹬高筒小洋靴，头顶宽檐儿小洋帽，一副深色茶镜遮着脸，瞧不出是吗人。看长相，像洋人，可是再看鼻子小了点。洋人鼻子又高又大前边带钩，俗称"鹰钩鼻子"；这人鼻子小，圆圆好赛小蒜头。

这怪人在街头站了一会儿，忽然打腰里掏出一个小纸盒，从

51

里边抽出一根一寸多长的小细木棍儿，棍儿一头顶着个白头。他举起小木棍儿，从上向下一划，白头一蹭衣裙，嚓的一声生出火来，把木棍儿引着，令街上的众人一惊，不知怪人这小棍儿是吗奇物。怪人待手里的小木棍儿烧到多半，扔在地上，跟着从小盒再抽一根，再划，再生火，再烧，再扔。就这么一连划了十多根，表演完了，吗话没说，扬长而去。

从此天津人称怪人这种"一划就着"的玩意儿叫"自来火"。

怪人走后十天，又来到东门里大街上，换了穿戴，领口那蝴蝶换只金色的。他又掏出自来火，划着；可这次没扔，而是打口袋又掏出一个纸盒来，这纸盒比自来火那纸盒大一号，上边花花绿绿印了一些外国字；他从盒里抽出一根，这根不是木棍儿，而是小拇指粗细大小白色的纸棍儿，他插在嘴上，使自来火点着，街两边的人吓得捂耳朵，以为要放炮。谁料他点着后不冒火，只冒烟；他嘬了两口，张嘴吐出的也是烟。人们不知他干吗，站在近处的却闻出一股烟叶味，还有股子异香。去过租界的人知道这是洋人抽的烟。原来洋人不抽烟袋，抽这种纸卷的怪烟，烟不放在腰间，藏在衣兜里。

从此天津人称这种洋烟叫"衣兜烟卷"。

这一阵子老城东门里大街上天天聚着一些人，有的人就是等着看这怪人和怪玩意儿。可是他不常露面，一露面就惹得满城风雨。一天，他牵来一只狗。这狗白底黑花，体大精瘦，两耳过肩，长舌垂地，双眼赛凶魔。它从街上一过，连街上的野狗都吓得一声不出，一连几天不敢露头。

人要出头出名，就该有人琢磨了。这怪人到底是谁，是真洋人，还是冒牌货？不久就有两种说法截然相反。一说，他家在西头，父亲卖盐，花钱不愁，近些年父亲总在南边跑买卖，没人管他，他特迷洋人，整天泡在租界里，举手投足都学洋人。另一说，这怪人是地道的洋人，刚到租界才一年，觉得老城新鲜，过来逛逛而已，听说还会说一句半句中国话。进而有人说这怪人是英吉利人，叫"巴皮"。

那时候，天津卫闹新潮，常有人演讲。讲新风，反旧习，倡文明。演讲的地方在估衣街谦祥益对面的总商会，主办方是广智馆。一天，总商会又有演讲会，先上来一位先生站在台前，向台下的听众介绍一位来自租界的贵宾。跟着怪人出现了，还是那身穿戴，脖子上的蝴蝶又换成了白底绿格的了。他上来弯下腰手一撇，行个洋礼，说几句洋话。

下边一个学生说："他说的是哪国话？不像英文。我可是学英文的。"

这下人们就议论开了。

下边忽有人叫道："你是叫巴皮吗？"

这怪人好似生怕被别人认错，马上说："我就是巴皮。"

下边人接着问："你打哪儿学的中国话，怎么还是天津味的？"

这话问过，众人一寻思，怪人刚刚说的话还真有点天津口音。

怪人一怔，不好答。

下边人又问："你爹是谁？"

怪人又一怔，马上把话跟上说："米斯特·巴皮。"

没想到下边问话这人放大嗓门说："小子，睁大眼看看我是

名家笔下的老天津

谁！我才是你爹！我刚打广东回来。巴皮？巴吗皮？快把这身洋皮给我扒下来回家！别在这儿出洋相了。"

自打这天，天津人管学洋人、装洋人的做法叫"出洋相"。

> **读与思**
>
> 天津人管学洋人、装洋人的做法叫"出洋相"。今天，我们生活中有不少行为、习惯是受到外国影响的，比如穿衬衫、西服，吃西餐，起英文名，等等。你认为这些算是"出洋相"吗？

第四章 探寻，九国租界的百年风华

另一个世界：我在天津租界里的童年

◎汪兆骞

我的童年是在天津意奥租界度过的。1941年伊始，我在一栋意大利风格的带花园的别墅里呱呱落地。这座别墅，是我童年的百草园。意奥租界中西文化交融，文脉悠长，各界名人荟萃，其中的少数人有历史局限，但更多的人尚有不能遮蔽的火烬的价值。

文化名人梁启超的家人、清朝遗老华世奎、木斋中学创办人卢木斋、创办含光女中的大家闺秀张淑纯、《新天津报》的爱国报人刘髯公、我的启蒙老师国学社创始人李实忱、我七岁就结交

的武侠小说宗师白羽等，都与我家有着千丝万缕的联系。我的家族和亲戚各色人等也纷纷在别墅登场亮相：混迹军界的牛三姑爷、神秘的身世凄凉的章老师、侠肝义胆的厨师秦爷、抗日烈士之子司机杨二、邻家那位绾高髻戴白花的郭英、为我党搞地下工作的母亲的表弟杨虎、祖母导演的婚姻悲剧中度日如年的叔叔婶婶……他们的出身、个性禀赋、时代际遇、传统背景，不尽相同，但他们以各种因素碰撞，塑绘出并不单纯的色彩，其中不少带有拂衣高蹈、不囿流俗、慷慨任道的精神和人性之美。好风凭借力，送我上青云。我的童年得到了他们的言传身教。

拒绝记忆被风化，我写下了这部记录童年生活的小书，唱了一曲天真无邪又饱盈意趣和忧伤的悠长歌谣。

这些交织在我童年百草园里的人物，其命运是独立的，又都因我而隐隐相关，有偶然性，也有存在生发的必然。故事中的人物有笑声和甜蜜，又有叹息和苦涩。在追忆他们的时候，童年的我与当下满头白发的我是双重身份，共同叙述，于是，过去和现在、我和熟悉的那些人之间，便有了"永无休止的对话"（爱德华·霍列特·卡尔语）。重返生活现场的真实，让这一切变得和谐统一。

"往者不可复兮，冀来今之可望。"作为作者，在讲自己的童年故事时，会投入更多的热情和心力，甚至一不留神让自己的童真里夹带了对未来的追逐，被物化成"另一个我"，一个活在梦里与孤独和单调不断抗争着的重塑的自我。但平心而论，我还是尽力还原了我那本真、质朴、温润却又庸常的童年，在讲自己和别人的故事时，着眼于人物命运的复杂性，把对社会和人性的思考付诸笔端，这或许是这本小书的一种价值。

噢，与时代、社会、人生相对应的童年生活，是个多么斑斓的世界，多么绚烂的百草园……

（本文为节选）

读与思

这篇文章是《别来沧海事：我的租界往事》一书的序言。汪兆骞在一栋意大利风格的别墅中度过了他的童年。他以这"童年的百草园"为圆心，辐射开去，以与之相关的各阶层人物的传奇人生为题材，从多角度展示了社会风貌。作者用第一人称，以婉转简洁、平静感人的笔触，照见大时代下各色人物的命运与际遇，向读者展示了丰富而复杂的大千世界。有兴趣的同学可以寻来这本书，读一读。

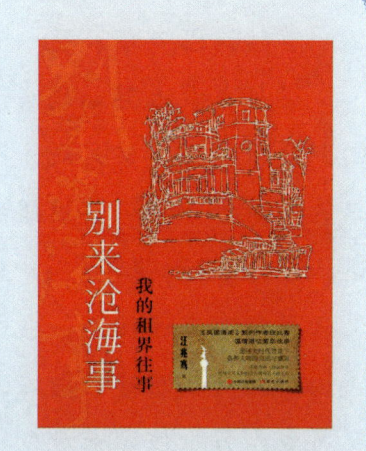

拜访芸姑妈

◎林 希

芸姑妈已经搬家了。

梁月成带上芸姑妈去南方做生意，半年的时间，发了大财。回到天津之后，梁月成先买房，后置家。如今的梁月成已经是有名的富商了。……芸姑妈新买的房子在老英租界，地名叫小伦敦道。小伦敦道往里走，有一条极静极静的里巷，这条深巷叫紫云里。紫云里只有三幢楼房，是原来英国工部局官员们的私邸，是按照英国王室的住房建的。这三幢楼房现在的主人，一位是我的姑丈梁月成，另一位是前朝的一位王爷，第三位是一位老女人，据说是北洋时期一位总理大臣的姨太太，全都是有脸面的人物。

梁月成的新家，那种阔气劲，就别提了。汽车可以直接开到院里，院里有假山，有溪流，有小桥，有花圃，据说前主人常常在院里骑马。院子边上，有十几把座椅半埋在地里，据说那是给乐师们准备的座位。当主人骑着马在院里溜达的时候，乐师就坐在院子边上给他奏乐。

梁月成发财，自然是一件好事。这些人中只有我爷爷持保留态度。梁月成几次把车子开到美孚油行门口，说接我爷爷去他的新家吃酒，我爷爷都婉言谢绝了。我爷爷有一种信条，他认为暴富非福，他看着梁月成发财，心里害怕。我母亲当然就不能婉言谢绝了，在芸姑妈再三邀请下，终于定下一个日子，带上我和桃儿一起来了，也算是给梁月成一点面子吧。

走进梁月成新居的主楼,阔死。好大一间大花厅,迎面宽宽的楼梯可以并肩走四五个人,楼梯拐角处放着比我还要高的大花瓷瓶,好大的窗子,雕花的玻璃,屋顶上垂下的大吊灯,看着可真是够气派的。

住在城里,我们家的车子已经是够气派的了:新车子,新车篷,新车灯,车夫拉着跑起来,一颠一颠的,那是很威风的了。可是我们家的车子一进老英租界,寒碜了。看着马路上一辆辆小汽车,坐在我们家的车子里,真让人觉得有点不好意思。好在那时候我还没有上学,所以也不怕被同学看见,我尽可以大大方方地坐在车上看街景。

车子到了梁月成家,梁月成家的佣人的脸色就不大好看了。他们见惯了小汽车,一听见小汽车喇叭响,就立即跑出来迎接,有的拉车门,有的扶客人下车。如今看见几辆洋车进了院里,他们就觉得有失他们的身价了,没有人过来问好,也没有人过来扶我。一蹦,我就从车上跳下来了。就在我从车上往下蹦的时候,我明明看见一个老女人把嘴巴往两边一撇,一尺多长,一副看不起人的模样。我这个人还就有点毛病,你越是看不起我,我越是和你捣乱。我一步跳到那个老女人身边,身子一歪,就倒在她的身上了,顺势狠狠地在她的脚上踩了一下,疼得她尖叫了一声。我看她也没敢骂人。

母亲知道我故意捣乱,便让桃儿一把将我拉过去,还向那个老女人说了句致歉的话,然后就领着我走进房里去了。

桃儿姐姐领着我往房里走,正赶上梁小月下学回来。噢,可是不一样了,只见两辆洋车同时拉进大院,我还以为是她姐弟俩一人一辆车呢。车子停下之后,我才看清楚,前面的车里坐的是梁小月，后面的车里坐的却是一个佣人。车子停下之后，梁小月坐在车里不动。这时，坐在后面车里的佣人匆匆地从车上走下来，走到梁小月的车旁，把梁小月从车上搀了下来，就像梁小月是位一百岁的老太太似的。怎么她就学会了这手呢？

梁小月见到我母亲，倒也还有礼貌，先问了一声"舅娘好"，随之施了一个礼。看见桃儿姐姐，她就和没看见一样。她倒是看了我一眼。没等她说话，我先冲着她喊了起来："小月，买冰棍了吗？"梁小月似是害怕别人知道她也有过买冰棍的历史，所以装作没听见，仍然往楼上走，只是在和我擦肩而过的时候，向我说了一声："一会儿到我房里来。"行呀，你也有自己的房了，这才几天的时间呀。

梁家发了，在不到半年的时间里发财了，而且梁月成的两个孩子也随着梁月成的暴富，染上了一身毛病。这些坏习气，被我们这样的老门老户人家看不惯，也看不起。我那时尽管年纪小，但也知道，这样的孩子不会努力读书，是不可能有前程的。

从姑妈家回来之后，我就对母亲说："我不学梁家孩子的样子。像他们那样摆臭架子的人，不会有出息。"

母亲见我能有这样的看法，立即就把我拉到了她的怀里，还赞扬我说："我们小弟是个有志气的好孩子。"

"等我做上大总统，我就命令梁小月天天为我擦皮鞋。"我愤愤地对母亲说。

"扑哧"一声，母亲笑了，她拍了一下我的头，说："你呀，你是看着人家发财生气呀？真当上大总统，还用得着你自己下命令让人给你擦皮鞋吗？找上门来轮着给你擦皮鞋的人多着呢。"

（本文节选自《桃儿杏儿》，题目为编者所加）

读与思

　　本文着力描写芸姑妈搬到英租界新家后的生活环境，讲述芸姑妈家条件改善后每个人的变化，表现了当时租界生活的奢华。同时，"我"故意捣乱的顽皮举动和"不学梁家孩子"的聪明认知，都反映了作者对这种生活的不屑。文末，作者借"我"与母亲的对话，传达了一个重要的理念：人真正的价值在于内心的修养，而不在于表面的光鲜。如果你对这个故事感兴趣，可以找来林希的《桃儿杏儿》读一读，品味作者对人物、环境描写的特点。

群文探究

1. 九国租界在天津留下了大量外国风格的建筑。这些各具特色的建筑，融合了西洋文化和中国传统地域文化。阅读《拜访芸姑妈》，想象林希笔下芸姑妈在英租界的新居是什么样子的，用自己的话说一说。

2. 九国租界的设立对天津乃至整个中国的历史产生了深远的影响。它见证了天津繁荣、辉煌的近代史，也反映了当时中国的半殖民地半封建状态。读读文中关于租界的描写，讲讲里面发生的故事。

第五章　体会，津门民俗的匠心独运

沽水流霞文脉深，民情俗韵百般醇。

老天津的民俗文化，犹如九河下梢的明珠，在燕赵大地的长卷中流转生辉。当暮鼓晨钟掠过三岔河口，杨柳青的木版年画以朱砂点染盛世欢颜，"泥人张"的指尖揉捏出市井百态的灵韵，"风筝魏"的竹骨绢翼裁开津沽云天的斑斓——这三绝恰似海河浪尖跃动的珠光，将天津卫数百载的风雅娓娓道来。

扫码立领
★ 名师朗读
★ 美文微课
★ 城市印象
★ 老城记忆

鼓一张

◎冯骥才

天津卫的杨柳青有灵气，家家户户人人善画：老辈起稿，男人刻版，妇孺染脸，孩童填色，世代相传，高手如林。每到腊月，家家都把画拿到街上来卖，新稿新样，层出不穷，照得眼花。可是甭管多少新画稿冒出来，卖来卖去总会有一张出类拔萃地"鼓"出来。杨柳青说的这个"鼓"字就是"活"了——谁看谁说喜欢，谁看谁想买，争着抢着买。这张画像着了魔法，一下子卖疯了。

于是，年年杨柳青人全等着这画出现，也盼着自己的画能鼓起来，都把自己拿手的画亮出来。这时候，全镇的年画好比在打擂台。

这画到底是怎么鼓的？谁也说不好。没人鼓捣，没人吆喝，没人使招用法，是它自己在上千种画中间神不知鬼不觉鼓出来的。这画为吗能鼓呢？谁也说不好。戴廉增和齐健隆两家大店，画工都是几十号，专门起稿的画师几十位，每年新画上百种，却不见得能鼓出来。高桐轩画得又好又细，树后边有窗户，窗户格后边还透出人来；他的画张张好卖，可没一张鼓过。就像唱戏的角儿，唱得好不一定红。人们便说，这里边肯定有神道，神仙点哪张，哪张就能鼓；但神仙不多点，每年只点一张。这样，杨柳青就有句老话：年画一年鼓一张，不知落到哪一方。

镇上有个做年画的叫白小宝。他祖上几代都干这行，等传到他身上，勾、刻、印、画样样还都拿得起来，就是没本事出新样子，只能用祖传的几块老版印印画画。比方《莲年有余》《双枪陆文龙》《俏皮话》，还有一种《金脸财神》。这些老画一直卖得不错，够吃够穿够用，可老画是没法再鼓起来的，鼓不起来就赚不到大钱，他心里憋屈，却也没辙。

同治八年立冬之后，他支上画案，安好老版，卷起袖子开始印画。他先印《双枪陆文龙》那几样，每样每年一千张，然后再印《莲年有余》。这张画上是个白白胖胖的小子抱条大红鲤鱼，后边衬着绿叶粉莲。莲是连年，鱼是富裕，连年有余。这是他家"万年不败"的老样子。其实，《莲年有余》许多画店都有，画面大同小异，但白家画上的胖小子开脸喜相，大鱼鲜活，每年都能卖到两千张，不少是叫武强南关和东丰台那边来人成包成捆买走的。

一天后晌，白小宝印画累了，撂下把子，去到街上小馆喝酒，同桌一位大爷也在喝酒。杨柳青地界儿不算太大，镇上的人谁都认得谁。这大爷姓高，年轻时在货栈里做账房先生，好说话，两人便边喝酒边闲聊。说来说去自然说到画，再说到今年的画，说到今年谁会"鼓一张"。高先生喝得有点高，信口说道："老白，你还得出新样子呵，吃祖宗饭是鼓不出来的。"这话像根棍子戳在白小宝的肋骨上。他挂不住面子，把剩下的酒倒进肚子，起身回家。

白小宝一路上愈想高先生的话愈有气，不是气别人，是气自己，气自己没能耐。进屋一见画案上祖传的老版，白小宝更是气撞上头，抓起桌上一把刻刀上去几下要把老版毁了，只听老婆喊着："你要砸咱白家的饭碗呀！"随后便迷迷糊糊被家里的人硬拽到床上，死猪一样不省人事。

转天醒来一看，糟了，那块祖传的老版——《莲年有余》真叫他毁了，带着版线剜去了一块。再细看，还算运气好，娃娃的脸没伤着，只是脑袋上一边发辫上的牡丹花儿给剜去了。可这也不行呀——原本脑袋两边各一条辫，各扎一朵牡丹花，如今不成对儿了。急也没办法，剜去的版像割去的肉，没法补上。眼瞅着这两天年画就上市了。好在这些天已经印出一千张，只好将就再印一千张，凑合着去卖，能卖多少就卖多少，卖不出去认倒霉。

待到年画一上市，稀奇的事出现了。买画的人不但不嫌娃娃头上的花儿少一朵，不成对，反而都笑嘻嘻地说："这胖娃娃真淘气，把脑袋上的花都给耍掉了，太招人爱啦！"这么一说，画上的娃娃赛动了起来，活了起来！于是你要一张，我要一张，跟着你要两张，我要两张，三天过去，一千张像一阵风刮走，一张不剩。白小宝手里没这幅画了，只好把先前使老版印的双辫双花的娃娃拿出来，可买画人问他："昨天那样的卖没了吗？"他傻了：为吗人人都瞧上那个脑袋上缺朵花的呢？

可他也没全傻，晚上回去赶紧加印，白天抱到市上。画一摆上来，转眼就卖光。一件东西要在市场上火起来，拿水都扑不灭。于是一家老小全上手，老婆到集市上卖，他在家里印，儿子把印好的画一趟趟往集市上抱。他夜里再玩命印，也顶不住白天卖得快。几天过去，忽然一个街坊跑到他家说："老白，全镇的人都嘈嘈着——今年你的画鼓了！"然后，街坊小声问他："这张画你家印了几辈子了，怎么先前不鼓，今年忽然鼓了？"

白小宝只笑了笑，没说，他心里明白。可是往深处一琢磨，又不明白了：怎么少一朵花反倒鼓了？

年三十晚上，白小宝一数钱，真发了一笔不小的财。过了年，他家加盖了一间房，添置了不少东西，日子鲜活起来。

他盼着转年这张画还鼓着，谁知转年风水就变了。虽说这张画卖得还行，但真正鼓起来的就不是他这张了，换成一家不起眼的小画店义和成的一张新画，画名叫作《太平世家》，画面是六个女人在打太平鼓。那张画也是没看出哪儿出奇地好，却卖疯了，每天天没亮，义和成门口买画的人排成队挨着冻候着。

读与思

"二水中分云窈窕，几家杨柳木芙蓉。"在中国版画史上，杨柳青年画与著名的苏州桃花坞年画并称"南桃北柳"。《鼓一张》以杨柳青木版年画的制作、销售为背景，讲述白小宝做年画、卖年画的故事。白小宝用祖传老版做年画，年画一直卖得不温不火。一次醉酒，他毁了《莲年有余》的老版，没想到将错就错印出的缺朵花的年画却卖"鼓"了。你认为，制作年画的人要怎么做才能在年画市场上"鼓一张"呢？

泥人张

◎冯骥才

手艺道上的人，捏泥人的"泥人张"排第一。而且，有第一，没第二，第三差着十万八千里。

泥人张大名叫张明山。咸丰年间，他常去的地方有两处：一是东北城角的戏院大观楼，一是北关口的饭馆天庆馆。坐在那儿，为了瞧各样的人，也为捏各样的人。去大观楼要看戏台上的各种角色，去天庆馆要看人世间的各种角色。这后一种的样儿更多。

那天下雨，他一个人坐在天庆馆里饮酒，一边留神四下里吃客们的模样。这当儿，打外边进来三个人。中间一位穿得阔绰，大脑袋，中溜个子，挺着肚子，架势挺牛，横冲直撞往里走。站在迎门桌子上的"撂高的"一瞅，赶紧吆喝着："益照临的张五爷可是稀客、贵客，张五爷这儿总共三位——里边请！"

一听这喊话，吃饭的人都停住嘴巴，甚至放下筷子瞧瞧这位大名鼎鼎的张五爷。当下，城里城外气最冲的要算这位靠着贩盐赚下金山的张锦文。他当年由于为盛京将军海仁卖过命，被海大人收为义子，排行老五，所以又有"海张五"一称。但人家当面叫他张五爷，背后叫他海张五。天津卫是做买卖的地界儿，谁有钱谁横，官儿也怵三分。可是手艺人除外。手艺人靠手吃饭，求谁？怵谁？故此，泥人张只管饮酒、吃菜、西瞧东看，全然没把海张五当个人物。

但是不一会儿，就听海张五那边议论起他来。有个细嗓门的

第五章 体会，津门民俗的匠心独运

说："人家台下一边看戏，一边手在袖子里捏泥人。捏完拿出来一瞧，台上的吗样，他捏的吗样。"跟着就是海张五的大粗嗓门说："在哪儿捏？在袖子里捏？在裤裆里捏吧！"随后一阵笑，拿泥人张找乐子。

这些话天庆馆里的人全都听见了。人们等着瞧艺高胆大的泥人张怎么"回报"海张五。一个泥团儿砍过去？

只见人家泥人张听赛没听，左手伸到桌子下边，打鞋底抠下一块泥巴。右手依然端杯饮酒，眼睛也只瞅着桌上的酒菜，这左手便摆弄起这团泥巴来；几个手指飞快捏弄，比变戏法的刘秃子的手还灵巧。海张五那边还在不停地找乐子，泥人张这边肯定把那些话在他手里这团泥上全找回来了。随后手一停，他把这泥团往桌上叭地一戳，起身去柜台结账。

吃饭的人伸脖一瞧，这泥人真捏绝了！就赛把海张五的脑袋割下来放在桌上一般。瓢似的脑袋，小鼓眼，一脸狂气，比海张五还像海张五，只是只有核桃大小。

海张五在那边，隔着两丈远就看出捏的是他。他朝着正走出门的泥人张的背影叫道："这破手艺也想赚钱，贱卖都没人要。"

泥人张头都没回，撑开伞走了。但天津卫的事没有这样完的——

第二天，北门外估衣街的几个小杂货摊上，摆出来一排排海张五这个泥像，还加了个身子，大模大样地坐在那里。而且是翻模子扣的，成批生产，足有一二百个。摊上还都贴着个白纸条，上边使墨笔写着：贱卖海张五。估衣街上来来往往的人，谁看谁乐。乐完找熟人来看，再一块乐。

三天后，海张五派人花了大价钱，才把这些泥人全买走，据

名家笔下的老天津

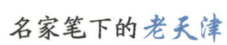

说连泥模子也买走了。泥人是没了,可"贱卖海张五"这事却传了一百多年,直到今儿个。

读与思

天津"泥人张"彩塑艺术始创于清代道光年间,是地道的津门民艺三绝之一。在冯骥才的笔下,"泥人张"和"海张五"的人物形象被塑造得惟妙惟肖,既凸显性格特点,又不失幽默风趣。文中张明山展现的泥塑绝技,在他的指尖流转中,震撼着观者的心弦。请你到文中找一找、读一读相关描写,感受"泥人张"的精湛技艺吧。

第六代"泥人张"张宇创作的《关公像》

第五章　体会，津门民俗的匠心独运

名满天下"风筝魏"

◎于　淼

风筝古称纸鸢、纸鹞，当初还不是供人消遣观赏的玩具，是用作发送军事情报和投递信号的一种特殊战斗工具。唐末五代时期仅限于宫廷权贵们玩赏，宋元以后风筝逐渐流传到民间，明清两朝风筝在平民百姓中广为普及，如今的风筝才是真正意义上的供大众消闲的玩具。风筝从最早的文献记载开始至今已经有2000余年的历史。

清代杨柳青年画《十美图放风筝》

风筝是中国传统的民间玩具之一，天津又素有"风筝之乡"的美誉。魏元泰是"风筝魏"的创始人，他及后辈传人扎制的风筝，不仅享誉中国，还声震海外。

名家笔下的老天津

清同治十一年（1872）六月初八，魏元泰出生在一个贫寒的劳动人民家庭。其父魏长清，苦于自己不认识字，经常受人欺骗，故而咬牙将积攒的一点钱拿出来供给魏元泰入私塾读书。但因生活负担太重，魏元泰被迫中途辍学。16岁那年他被送到北门外"蒋记天福斋扎彩铺"学徒，跟掌柜的师父蒋韬学做扎彩手艺。扎彩铺除了扎制专供给死人的明器之外，为了多有一些收入，还兼做扎制风筝的生意，每年春秋两季都扎制许多风筝出售。魏元泰天资聪颖，心灵手巧，不但学会了做扎彩的手艺，而且做得一手好风筝。

1915年，魏元泰精心制作的10余件风筝作为直隶全省出口商品征集展品被北洋政府选中，代表中国风筝参加了为庆祝巴拿马运河开通而举办的巴拿马万国商品博览会，荣获金质奖牌和褒奖状，为祖国争得了荣誉。中国天津长清斋魏记风筝首次载入了中外艺术史册，步入了世界民间艺术之林。从此，"风筝魏"的作品在国际上也享有极高的声誉，成为驰名世界的民间工艺品。

读与思

"风筝魏"作为津门民艺三绝之一，以其独特的艺术魅力和深厚的文化底蕴，深受各阶层人士的喜爱。它不仅为人们带来了趣味与风雅，更承载着丰富的文化价值。当你读魏元泰先生的成名之路时，你的眼前是否浮现出他扎制风筝的画面？你的内心是否深受鼓舞呢？

实用剪纸艺术

◎肖克凡

关于天津剪纸艺术,我当年写过两句话:"本来应当是动的,却失去了双脚,不能串街走巷而成为静止的图样;本来应当是静的,却生出双脚登门攀窗,迎风招摇渲染着春节景象。"这两句话描述的正是天津剪纸艺术园地里的一对姊妹:动的"鞋样"和静的"吊钱儿"。

天津的剪纸艺术流派形成较晚。大约清末外埠艺人入津,开设"义和斋"和"进云斋",天津这地方才开始形成专门从事剪纸营生的店铺。它们大多坐落在天津的西关街、杨柳青一带,渐渐吸取南方剪纸艺术纤丽高雅的特点,形成津门淳朴豪放、喜庆艳丽的地方风格。天津是大码头、大商埠,并不具有多么浓厚的艺术气氛。天津的剪纸艺术,具有极其强烈的实用性质。

说起吊钱儿,它首先是一种民俗,据说源自宋代的"剪春钱",因其画面剪成"辘轳钱"而得名。最初是贴在房檐上用以"辟邪",几经演化成为喜庆新春的吉符。吊钱儿是随着浓烈的年味儿朝我们走来的。在旧时津门辞典里，"年"字的分量无比盛大。正因如此，吊钱儿也就成了"年"的艺术。而在"年"的艺术之中，吊钱儿又成了剪纸代表作。正月里的天津不能没有吊钱儿。换句话说，没有吊钱儿的春节根本算不上春节。那时节，大街小巷被红灿灿的吊钱儿闹出一派春意。天津人仿佛以零存整取的方式积蓄了一年精力，就盯着过年。除夕日贴吊钱儿，这绝对是天津人热爱生活的真实表现。遥想上古祖先处于穴居时代，我们今日张贴吊钱儿的地方是门窗，恰恰是那时的穴居的洞口。几张吊钱儿，我们便将祖先居住的洞口弄得红彤彤喜洋洋。这就是天津人的正月，可谓古风浩荡。说起天津人对喜庆的追求，完全称得上孜孜不倦。

对喜庆吉利的一贯追求，使天津成为一座酷爱现实生活的大都会，也使吊钱儿成为天津剪纸艺术的"先锋"。各种图案的吊钱儿，本是一幅幅静态画面的制作，倘若将其陈列在博物馆里，那争奇斗艳的图样必然成为一代代方家的收藏极品，弥足珍贵。

然而吊钱儿的魂魄是不能收藏的。它的灵性恰恰属于春风。你将吊钱儿贴上门窗，它一下子就"活"了——充满了人类的七情六欲。看吧，活跃起来的吊钱儿方能显出艺术作品的神采。正月里的吊钱儿因此成为生出"双脚"的剪纸艺术品，它不甘心居于象牙之塔而走上大街小巷，煞是招摇。举凡临街的店铺、住家的门窗、过街的门楼……就连近年崛起津门的高层住宅楼，也不

第五章 体会，津门民俗的匠心独运

乏火红吊钱儿的点染。于是，正月里的天津成了火红的一片。只有在这种时候，在春风之中飘摇飞舞的吊钱儿才是活的。于是我们懂得了一个道理：吊钱儿这种民间剪纸艺术的魅力，既在剪刻之中，又在构图之外。吊钱儿与春风，两者缺一不可。吊钱儿与天津人的世俗精神浑然一体。这就是"年"的艺术。创作吊钱儿的民间剪纸艺术家们，与其说他们驾驭了剪刀，不如说他们驾驭了春风。这就是天津吊钱儿的独特之处。

（本文为节选）

读与思

本文详细讲述了"吊钱儿"这一富有天津特色的剪纸艺术，展示了吊钱儿在春节文化中的重要性。天津吊钱儿不仅注重实用性，更承载着人们的情感与民俗传统。在作者生动的描绘中，吊钱儿仿佛拥有了生命，这不仅体现了天津人对喜庆的热爱与追求，也彰显了中国传统民俗的深厚底蕴。如果有机会，请你也学一学这样的剪纸技艺，感受它独特的艺术魅力。

群文探究

1.天津是一座传统与现代交织的城市，民俗文化底蕴深厚。杨柳青年画、"泥人张"、"风筝魏"被誉为天津民间艺术的"三绝"，是天津文化的重要象征，至今仍充满活力。请你找一找相关的作品欣赏一番。不过亲眼所见才最有意思，欢迎你亲自来天津看一看！

2.无论是艺术、节庆还是饮食，天津的民俗文化都在不断传承与创新中焕发生机。请你带着好奇心，来天津探索更多的民俗吧！悄悄告诉你，这也是你传承和守护民俗文化的方式。

第六章　品味，九河下梢的津味美食

烹调最说天津好，邀客且登通庆楼。

提及天津，人们的脑海中总会浮现出那些色香味俱全的吃食，因为它们不仅是食物，还是天津人生活态度的体现，更是这座城市文化记忆的载体。走进天津，就如同赶赴一场味蕾的盛宴：咬一口酥脆的煎饼馃子，绿豆面的清香与油条的脆爽在舌尖交织；尝一块软糯的耳朵眼炸糕，甜蜜的滋味在口中散开。每一口浓郁地道的"天津味"，都会让你沉浸在这座城市独有的食物魅力中难以自拔。

扫码立领
★ 名师朗读
★ 美文微课
★ 城市印象
★ 老城记忆

津门百咏·酒馆

◎[清]崔 旭

翠釜鸣姜海味稠,咄嗟可办列珍馐。
烹调最说天津好,邀客且登通庆楼。

第六章 品味,九河下梢的津味美食

读与思

这首诗是迄今为止有文字记载的描写天津成规模餐馆的最早记录。除了描写当时天津餐馆的规模、地位、烹调特征外,这首诗还用点睛之笔道出了津派菜的特色——以河海两鲜见长。

天津的饮食文化是一部生动的历史文化教科书,它融合了经济、政治、地域、民俗等多方面的元素,展现出独特的魅力和强大的生命力。在当今时代,我们应当珍惜这份宝贵的文化遗产,深入挖掘其内涵,让天津的饮食文化在传承中创新,在创新中发展,继续绽放光彩。

杨柳青

◎ [明] 吴承恩

村旗①夸酒莲花白②,津鼓开帆③杨柳青④。
壮岁⑤惊心频客路,故乡回首几长亭。
春深水涨嘉⑥鱼味,海近风多健鹤翎⑦。
谁向高楼横玉笛,落梅⑧愁绝醉中听。

注释

①村旗：乡村酒馆悬挂的酒旗，用以招揽顾客。
②莲花白：酒名。
③津鼓开帆：指渡口打鼓开船。
④杨柳青：在今天津市西，地临运河。
⑤壮岁：壮年。
⑥嘉：美好。
⑦翎：鸟翅和尾上长而硬的羽毛。
⑧落梅：指《梅花落》，笛曲名。

读与思

吴承恩的《杨柳青》通过描绘乡村酒馆的莲花白酒和春日杨柳青的"嘉鱼味"，展开了一幅生动的乡村画卷。诗中"村旗夸酒莲花白"，将酒的醇厚与乡愁融为一体；而"春深水涨嘉鱼味"则以春日的鱼鲜衬托了水乡的美丽与生机。全诗将乡村美食、自然美景与旅途情怀巧妙融合，使游子的思乡之情跃然纸上。你了解《梅花落》这首曲子吗？可以找来听一听。

桂发祥麻花

◎刘建章

范贵林，河北省大城县西王祥村人，1914年生于一个贫农家庭。范家有弟兄三人。大哥13岁时被抓壮丁，此后即无音信；二哥是范贵材；范贵林是老三。范家兄弟早年丧父。1924年，家乡大旱，母亲背井离乡，携带贵材和贵林要饭来到天津。

1928年，范家兄弟二人在河南人李富贵老两口经营的麻花铺当小伙计，地点在东楼村。他们每天炸完麻花，提篮沿街叫卖。后因李富贵吸食鸦片，麻花铺关门。

1933年，范家兄弟二人经人介绍，来到东楼村刘老八麻花铺当伙计。范贵林聪明肯干，手脚勤快，很快就掌握了炸麻花的全部技艺。两年后，因刘老八吃喝嫖赌、不务正业，将本钱输光，

麻花铺也随之倒闭。

1937年以后，范家兄弟二人就各挑一摊，独自经营。两人先后娶妻成家，各立门户。范贵林用省吃俭用的钱购买了一间小土房，开了"贵发祥"麻花店。范贵材另立字号，开了"贵发成"麻花店。

在当时，一般的麻花都千篇一律：用两三根白条拧成的叫"绳子头"，用两根白条和一根麻条拧成的叫"花里虎"，用两三根麻条拧成的叫"麻轴"。在竞争中，范贵林别出心裁，反复摸索，在白条、麻条中间新增一根含桂花、闽姜、桃仁、瓜条等多种小料的酥馅。麻花白条发艮的难题，也在一次偶然的机会中解决了。有一个下雨天，顾客稀少，面料剩下不少。范贵林为防止面皮发干，就往面料中放了些水，不料放水太多，面料竟化成糊状。转天，面料发酵了，他就兑上干面粉加碱和成半发面，想不到炸出的麻花特别酥脆。范贵林受到启发，又经过多次试验、改进，终于总结出一套酵面兑碱，随季节、气候变化而增减的配比方法，使做出的麻花一年四季保持质量稳定。此后，他又根据人们的需求，炸制1两、2两、半斤、1斤、2斤等重量不同、大小各异的麻花。这种异型又具有独特风味的夹馅什锦麻花，口感油润，酥、脆、香、甜，造型美观，久放不绵，因而备受群众欢迎。由于贵发祥的店铺开设在东楼十八街，人们对他的麻花便以"十八街麻花"相称。范贵林的大麻花名声越来越响亮，人们便顺口给范贵林起了个"麻花大王"的美称。

名家笔下的老天津

读与思

1956年,"贵发祥"与"贵发成"两店合并,取主要调料"桂花"之"桂",取代原名之"贵",更名为"桂发祥"。

走进"桂发祥",我们感叹于它精细入微的制作工艺、严谨有序的制作流程。从它品牌发展的历程中,我们看到了老字号创业的艰辛,感受到了它不断突破、力求卓越的进取精神。品尝桂发祥的美食,你会发现,每一口都有传承的味道,每一口都有岁月的沉淀,因为它们是美食与文化的交融。

当你在生活中接触到像"桂发祥"这样的老字号时,能做些什么来助力它们的传承呢?

狗不理

◎冯骥才

天津人吃的玩的全不贵，吃得解馋玩得过瘾就行。天津人吃的三大样——十八街麻花、耳朵眼炸糕、狗不理包子，不就是一点面、一点糖、一点肉吗？玩的三大样——泥人张、风筝魏、杨柳青年画，不就一块泥、一张纸、一点颜色吗？非金、非银、非玉、非翡翠、非象牙，可在这儿讲究的不是材料，是手艺。不论泥的、面的、纸的、草的、布的，到了身怀绝技的手艺人手里，就像从天上掉下来的宝贝了。

运河边上卖包子的狗子，是当年跟随他爹打武清来到天津的。他的大名高贵友，只有他爹知道。别人知道的是他爹天天呼他叫他的小名：狗子。那时候穷人家的孩子不好活，都得起个贱名，狗子、狗剩、梆子、二傻、疙瘩等，为了叫阎王爷听见不当个东西，看不上，想不到，领不走。在市面上谁拿这种"狗子"当人，有活儿叫他干就是了。狗子他爹的大名也没人知道，只知道姓高，人称老高。狗子人蔫不说话，可嘴上不说话的人，心里不见得没想法。

老高没能耐，他卖的包子不过一块面皮包一团馅，皮厚馅少，肉少菜多。这种包子专卖给在码头扛活儿的脚夫吃。干重活的人，有点肉就有吃头，皮厚了反倒能搪时候。反正有人吃就有钱赚，不管多少，能养活一家人就给老天爷磕头了。

他家包子这点事，老高活着时老高说了算，老高死了后狗子说了算。狗子打小就从侯家后街边的一家卖杂碎的铺子里喝出肚汤鲜，就尝试着拿肚汤、排骨汤拌馅。他还从大胡同一家小铺的烧卖中吃到肉馅下边有油汁的妙处，由此想到要是包子有油，更滑更香更入口更解馋，便在包馅时放上一小块猪油。除此之外，他还刻意在包子的模样上来点花活，皮捏得紧，褶捏得多，一圈十八褶，看上去像朵花。一咬一兜油，一口一嘴鲜，这改良的包子一上市，像炮台的炮，一炮打得震天响。天天来吃包子的人比看戏的人还多。

狗子再忙，也是全家忙，不找外人帮，怕人摸了他的底。顶忙的时候，他就在门前放一摞一摞的大海碗、一筐筷子。买包子的把钱撂在碗里。狗子见钱就往身边钱箱里一倒，碗里盛上十个八个包子就完事，一句话没有。你问他话，他也不答。哪有空儿答？这便招来闲话："狗子行呵，不理人啦！"

别的包子铺干脆骂他"狗不理"，想把他的包子骂"砸"了。

狗子的包子原本没有店名，这一来，反倒有了名。人一提他的包子就是"狗不理"。虽是骂名，也出了名。

天津卫是官商两界的天下。能不能出大名，还得看是否合官场和市场的口味。

先说市场，在市场出名，要看你有无卖点。好事不出门，坏事传千里；好名没人稀罕，骂名人人好奇。"狗不理"是骂名，却好玩、好笑、好说、好传、好记，里边好像还有点故事，狗子再把包子做得好吃，"狗不理"这骂名反成了在市场扬名立万的大名了！

再说官场。三岔河口那边有两三个兵营，大兵们都喜欢吃狗不理包子。这年直隶总督袁世凯来天津，营中官员拜见袁大人，心想袁大人天天吃山珍海味，早吃厌了，不如送两屉狗不理包子。

就叫狗子添油加肉，精工细作，蒸了两屉，赶在午饭时候趁热送来。狗子有心眼，花钱买好衙门里的人，在袁大人用餐时先送上狗不理包子。人吃东西时，第一口总是香。袁大人一口咬上去，满嘴流油，满口喷香，大喜说："我这辈子头次吃这么好吃的包子。"营官自然得了重赏。

转过几天，袁大人返京，寻思着给慈禧老佛爷带点什么稀罕东西。谁知官场都是同样的想法。袁大人想：老佛爷平时四海珍奇，吗见不着？鱼翅燕窝，吗吃不到？花上好多钱，太后不新鲜，不如送上几天前在天津吃的那个狗不理包子。袁大人就派人把这事办好办精，把包子弄到京城。他还花钱买好御膳房的人，让他们赶在慈禧午间用餐时，蒸热了最先送上。御膳房的人说："这是袁大人从天津回来特意孝敬您的。"慈禧一咬，喷香流油，勾起如狼似虎的胃口。慈禧一连吃了六个，别的任吗不吃，还说了这么一句："老天爷吃了也保管说好！"

这句话从宫里传到宫外，从京城传到天津。金口一开，天下大吉，狗不理名满四海，直贯当今。

（本文有删改）

读与思

天津人的魂，就藏在这市井烟火里。狗不理包子不仅是一种美食，更是一种生活态度、一种文化传承。它告诉我们，生活的真谛，或许就藏在那些看似平凡的日常里，藏在那些用心制作的美食中，藏在那些真诚相待的人情里。

耳朵眼炸糕

◎王 越

"耳朵眼"的由来

耳朵眼炸糕的创始人是光绪年间在天津被称作"炸糕刘"的刘万春。刘师傅经营的小炸糕店坐落在北门外狭窄细长的耳朵眼胡同出口处,因此被来往的顾客们幽默地称为"耳朵眼炸糕"。

当时天津以炸糕为营生的小吃店很多,但"耳朵眼"这个有特色的名字让天津人过耳不忘,更何况刘师傅的手艺本就出众,炸糕选料精细,做工严谨,味道香甜,价格也便宜,很快刘师傅的小店就在众多的炸糕店中脱颖而出,回头客络绎不绝。大家就认"耳朵眼"这个名。刘师傅的小店日渐红火,起初每天卖二三十斤,后来能卖到一百多斤,几乎忙不过来。因为"糕"与"高"同音,寓意步步高升,吉祥喜庆,不论是天津城里的门市铺户开张,大户人家办各种喜事,还是平常百姓过年过节,都愿意来买他家的炸糕。耳朵眼炸糕一天很快就销售一空,甚至需要提前预订才能买到。

耳朵眼炸糕在天津城里的名气越来越大了,尽管后来的岁月中也改过名字,但还是耳朵眼的名号最深入人心,流传至今。

"耳朵眼"的特色

耳朵眼炸糕风靡起来当然不仅仅是因为名字，炸糕本身就非常吸引人。炸糕的材质、用料都非常讲究，用的是北运河沿岸几个村特产的黄米和江米。要先把米泡涨，再用石磨磨成糊状，经淋水发酵，再兑碱，才成为炸糕可用的面皮。馅的原料是天津产的朱砂红小豆，加红糖用大锅熬制，炒成豆沙馅，成为炸糕的馅心。皮馅包好后，用130℃的油下锅炸制，还要不停地翻转搅动，缓缓加大火力，又要保持炸糕不焦，需要十分认真制作。25分钟左右即可出锅。这样制出来的炸糕喷香扑鼻，色泽金黄鲜艳，外皮爆着刺花，口感酥脆；咬一口，里边的豆馅却是柔软糯黏、香甜不腻；内层面皮嚼起来绵软筋道，外酥里嫩，别有风味。总结起来占了四个字：黄、软、筋、香。从嗅觉、视觉再到味觉，每一步都是美妙的体验。

耳朵眼炸糕选料考究，有温胃健脾、清热解毒、安神养颜的功效。对于注重饮食卫生、食疗保健的现代人来说，这个特性尤其吸引人。

这些年来，耳朵眼炸糕一直奉行质量优先、顾客为上的经营理念，名声越来越响亮，成为天津的招牌小吃之一。1997年，耳

名家笔下的老天津

朵眼炸糕被命名为"中华名小吃"。

吃耳朵眼炸糕要趁热，咬一口，里边的豆馅就冒着热乎气流出来，热气腾腾，似乎心里的幸福感也随着热豆馅满溢。一不小心还会烫了嘴，但那又有什么关系，因为嘴里早已被香甜的滋味填满，像吃了蜜一样，一直甜到心里去。

（本文有删改，题目为编者所加）

读与思

天津小吃三绝之一的"耳朵眼炸糕"，以其风趣的名字和细腻的口感闻名，是天津的标志性特产。耳朵眼炸糕始终坚守对传统工艺的严格把控，每一道工序都精益求精。同时，耳朵眼炸糕秉持着开放创新的理念，不断学习、积极创造，在传承经典的基础上融入新元素，从最初的民间小吃发展为天津商贸领域的大品牌。

"糕"与"高"同音，听着吉祥顺耳，寓意"步步高升"，承载着人们对美好生活的向往。所以，天津人逢年过节总爱买上一份耳朵眼炸糕。若是你有机会来天津，一定要尝尝耳朵眼炸糕，讨个好彩头！

名人与津味美食

◎由国庆

李鸿章的"全家福"

清末直隶总督李鸿章在天津执掌军政外交20多年，他的行辕就在三岔河口南运河北岸，与之一水之隔便是天津餐饮业的胜地——侯家后。李鸿章入乡随俗，日常饭菜的口味也被同化了许多。

传说，有一天李大人宴请外国使节，却忘记了提前通知家厨，厨房连点新鲜的肉丝菜毛也没准备。俗话说，瘦死的骆驼比马大。堂堂总督府还能没有点存货？厨师转念想到了平时储食用的冰桶，桶里有零碎的海货，什么鱼翅、鲍鱼、海参、干贝、鱿鱼、鱼肚、鱼骨等，每样都有一点。掌勺的灵机一动，按天津菜烧燴的方法烹制出了一道还来不及命名的海鲜菜品。

热菜上桌，汁明芡亮，宾主下筷一尝，各种海鲜滋味相融，醇鲜味厚。洋人大喜，忙问李鸿章菜名是什么。他们哪里知道，李鸿章也是头一次吃，还"丈二和尚摸不着头脑"呢，于是含糊其词地说："杂烩。"吃得满嘴生香的洋人啧啧称绝，他们记下

了"李鸿章杂烩"这道菜名。后来,此菜名扬海外,成为国外中餐馆必备的佳肴。天津名士陆辛农在《食事杂诗辑》中写道:"笑他浅识说荒唐,上国名厨食有方;盛馔竟询传'杂碎',食单高写李鸿章。"

大约是民国初年,有文人墨客聚宴品尝此菜时觉得"杂烩"或"烧海杂拌"的菜名,实在辱没李大人和津菜的名声,于是改名为"全家福"了。后来,这道菜中还加入了鸡脯肉、虾仁、鱼唇、蹄筋、火腿、鲜蘑、冬笋、腐竹等,烧燴更为精到,一直流传至今。

梁实秋妙说肉包子

梁实秋不仅是著名的散文家、翻译家,还是一位造诣颇深的美食家。梁实秋曾说:"馋,则着重在食物的质,最需要满足的是品味。上天生人,在他嘴里安放一条舌,舌上有无数的味蕾,教人焉得不馋?馋,基于生理的要求,也可以发展成为近于艺术的趣味。"

这位大学者与天津有着不解之缘。早在1932年,梁实秋就来到天津《益世报》,主编《文学周刊》副刊;1934年,被聘为北京大学外文系主任。他对天津物产与美食多有了解。"西施舌"是天津著名的海珍品。郁达夫在1936年的文章里认为西施舌为福建出产。就此,梁实秋在《西施舌》一文中特别强调天津也有西施舌,并引用了清人张焘的诗:"朝来饱啖西施舌,不负津门鼓棹来。"梁实秋谈到全国的名品鱼,觉得津沽的银鱼与松江的鲈鱼、长江的鲥鱼等无不佳美,难分伯仲。他还晓得天津人吃螃蟹讲究"七尖八团"的风俗。《蟹》文中说,从天津运到北平的大批蟹，到车站开包，正阳楼（饭店）先下手挑拣其中最肥大者。梁实秋也没少到正阳楼品尝天津螃蟹。

以鸡蛋黄为主料的摊黄菜是特色津味，梁实秋在天津肯定品尝过，因为他晓得这是天津菜馆的精明之道。《熘黄菜》一文说："天津馆子最爱外敬，往往客人点四五道菜，馆子就外敬三四道。"因为蛋清大多用于芙蓉干贝、芙蓉虾仁之类的菜品，剩下的蛋黄做成摊黄菜之类的美味，"落得外敬做人情了"。

梁实秋很钟情天津包子，他说："天津包子也是远近驰名的，尤其是'狗不理'的字号十分响亮。"天津鲜肉包子的特点之一就是汤汁多，味道鲜美。他就此又谈道："有人到铺子里吃包子，才出笼的，包子里的汤汁曾有烫了脊背的故事，因为包子咬破，汤汁外溢，流到手掌上，一举手又顺着胳膊流到脊背。"由此不难看出梁实秋对天津食事细致入微的观察。《汤包》中还讲了一个相传的笑话："两个不相识的人在一张桌子吃包子，其中一位一口咬下去，包子里的一股汤汁直飙过去，把对面客人喷了个满脸花。肇事的这一位并未觉察，低头猛吃。对面那一位很沉得住气，不动声色。堂倌在一旁看不下去，赶快拧了一个热手巾把送了过去，客徐曰：'不忙，他还有两个包子没吃完哩。'"其实，梁实秋觉得"不一定要到'狗不理'去，搭平津火车一到天津西站就有一群贩卖包子的高举笼屉到车窗前，伸胳膊就可以买几个包子。包子是扁扁的，里面却有比一般为多的汤汁，汤汁中有几块碎肉葱花"。

名家笔下的老天津

梁实秋自谦不善品茶、不通茶经，但他饮茶却多有讲究。他在《喝茶》一文中透露，他平日喝茶不是香片就是龙井，此外也很喜欢天津的茉莉花窨过的茶叶以及天津特产的大叶茶等。他回忆，店家卖的时候再抓一把鲜茉莉放在表面上，称之为"双窨"，于是店里经常有浓郁的茶香花香。梁实秋认为这也是一种享受。

读与思

《李鸿章的"全家福"》和《梁实秋妙说肉包子》均选自由国庆的《天津卫美食》。该书记述了名人与津味美食的故事，宛如一部装帧精美的岁月长卷，每一页都晕染着浓郁醇厚的文化韵味。透过鲜活灵动的故事，我们仿佛真切地触摸到那些美食的温度，品尝到它们独有的风味，借此一窥天津这座城市深厚的文化底蕴。

群文探究

1. 天津人好吃、讲吃。为了吃，天津人能砸锅卖铁，不然也不会有"当当吃海货，不算不会过"的俗语。津菜虽然不属于八大菜系，但绝对具有独特的风味。如果你到天津旅游，你会品尝哪些津味美食呢？

2. 在天津，无论是漫步于风光秀美的五大道，还是穿梭于热闹非凡的南市食品街，你都能感受到浓浓的天津味。满口的天津味，满心的津门情，便是天津给予每一位旅人最美好的礼物。你会把哪一种"天津味"装进你的背包呢？

3. 如果你是天津美食推荐大使，你会选择哪两种天津美食向小伙伴推荐？试着用生动的语言写一段推荐词，让津味飘进大家心里。

4. 美食是镌刻在城市记忆里的味觉符号。你的家乡藏着哪些令人垂涎的特色美味？快来和大家分享一下吧。

第七章　流连，渤海之滨的璀璨明珠

九河舟楫摇星斗，六百年轮度春秋。

天津，这颗镶嵌在渤海之滨的璀璨明珠，于悠悠海河之畔熠熠生辉。海浪缱绻，轻吻着海岸，低声诉说着往昔漕运的繁华与近代的风云变幻。天津既有现代都市的活力，又有底蕴深厚的人文风情。它正以海纳百川的胸怀，热忱欢迎八方来客。无论是谁，都能在这里找到归属感。如今的天津意气风发，勇立潮头，见证时代的蓬勃发展，奋力续写新的篇章。

扫码立领
★ 名师朗读
★ 美文微课
★ 城市印象
★ 老城记忆

名家笔下的老天津

天 津

◎ [明] 李东阳

玉帛①都来万国朝,梯航②南去接天遥。
千家市远晨分集,两岸沙平夜退潮。
贡赋旧通沧海运③,星辰高象洛阳桥。
河山四塞④喉襟地⑤,重镇还须拥使轺⑥。

注释

①玉帛:玉器和丝织品,代指朝贡的财物。
②梯航:这里指长途跋涉、渡海而来的使者或商旅。
③沧海运:通过海路运输。
④河山四塞:指天津四周有山河环绕,地势险要,是兵家必争之地。
⑤喉襟地:比喻地理位置重要,像咽喉和衣襟一样关键。
⑥使轺:使者所乘的车辆,这里代指使者或官员。

读与思

李东阳《天津》一诗以雄健的笔触勾勒出明代天津的漕运盛景与战略地位。前三联通过描写朝贡的财物必须经过天津,以及商船不论白天夜晚都停在码头的景象,表现天津水陆交通便利,突出天津的繁华。尾联总写天津地理位置的重要性。请你细细阅读,感受本诗文字的平实之美。

发桃花口直沽舟中述怀[①]

◎ [明] 成始终

直沽洋里白沙村，百丈牵船日未昏。
杨柳人家翻海燕，桃花春水上河鲀。
养高无计寻韦曲，援老何妨觅谢墩。
只待干戈平定了，草堂归隐独山门。

> **注释**
>
> ①本诗录于清梅成栋纂《津门诗钞》卷二十五，作者成始终。《津门诗钞》称成始终为"元人"，然据考，成始终当为明正统时期进士，著有《澹轩诗集》。诗中"直沽"指代天津，天津为"古九河近地"。

> **读与思**
>
> 明清时期，北运河畔的桃花口、桃花寺至西沽、丁字沽一带已成为通往京城的重要节点与交通枢纽，逢春日游人不绝。很多文人墨客都曾到此赏桃赋诗雅集，其中有一个叫成始终的士人借桃花之情抒发了自己久盼天下太平之情。读了此诗，你的眼前是否浮现出"杨柳桃花三十里"的美景？

名家笔下的老天津

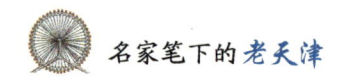

津门百咏·天津关

◎［清］崔 旭

北马南船辐辏①时,咽喉②水陆近京师。
钞关③高揭天津字,百尺竿头望大旗。

注释

①辐辏:形容人或物像车辐集中于车毂一样聚集在一起,这里指北方的车马和南方的船只都汇聚到天津。

②咽喉:比喻险要的交通孔道,说明天津是连接水陆、靠近京城的重要枢纽。

③钞关:明清时期在运河沿岸设立的征收船钞(船税)的关卡,这里指天津的钞关。

读与思

这首诗勾勒出天津作为水陆交通咽喉的盛景:北马南船在此汇聚,钞关大旗高高悬挂,车马行船往来如织,一派熙攘繁忙的景象。读了此诗,你能否在脑海中绘就昔日天津港口繁华热闹、喧嚣鼎沸的画面?

点绛唇

◎ [清] 爱新觉罗·玄烨

再见桃花,津门红映依然好。回銮才到。疑似两春报。
锦缆仙舟,星夜盼辰晓。情飘渺。艳阳时袅。不是垂杨老。

读与思

《天津县志》记载:康熙四十七年(1708),康熙南巡江浙,正值南方桃红柳绿,可惜桃花花期短,转瞬即凋零,康熙赏桃未尽兴。而当康熙沿运河返京,路过天津桃花堤,不想又见到桃花盛开,春天再现,感慨万分。惊喜之余,康熙欣然命笔:"再见桃花,津门红映依然好……"这首《点绛唇》便流传开来。

玄烨此词以春日回銮为切入点,将个人情感与帝王责任巧妙结合,既展现了传统词作的意境之美,又赋予其独特的政治隐喻。词中反常规的意象运用与积极的情感基调,使其在清代帝王诗词中别具一格,堪称"以词言志"的典范。

天津颂

◎ 吴祖光

对天津，我长久以来有着一种特殊的感情，每见到天津老乡就感觉十分亲切。我产生这种奇特感受的主要原因是天津人极具特色的语言——天津话。文字的表现能力是非常贫乏的，譬如对味觉、触觉、声音等方面的感受做出适当的描述就极其困难。想用文字对天津的语言形容一番简直无能为力。说高亢吧，不是也有哑嗓子的天津人吗？适当地说说天津话的特点，就是这种语言充满自信，让人听了感觉痛快，觉得说话的人直率、坦诚、热情。和天津人交朋友，使人觉得他总是对你敞开襟怀的。

最使人捉摸不透的是天津话的独特音调，让人不可思议。天津在北京东南距离不过120公里，然而两地语言的差异如此之大。车过天津，天津话就不存在了。天津话表现出天津人的特异性格。一般来说天津话似乎更表现了男子汉的威猛，但是天津少女说"吗？"的时候却更富有青春的气息。

我听到过老一辈大教育家张伯苓先生的话，听到过久居上海却不改乡音的导演沈浮的话。沈浮甚至敢于用他的天津话去纠正他导演的演员说的北京话，引起全排演场的笑声。经历了半个世纪，我仍记忆犹新。1951年，我娶了在天津长大的新凤霞为妻，和天津人结下了姻缘。最难忘的是，婚后第三年我把父母从上海接到北京，安排了一次岳父母与亲父母两亲家的会见。父亲是江苏常州人，母亲是浙江杭州人，两位老人说的都是南音很重的普通话；而岳父母说的却是强硬的地道天津话。于是热烈的会谈在四位亲家之间展开，他们讲不通了甚至用手来比画。凤霞至今还说："太好玩了。"四位老人都是用无限激情来进行这次友好对话的，更由于岳父大人耳聋，所以这场会谈声震屋瓦，整个在叫喊中进行。旁听的孩子的三河县奶妈拼命憋住气不敢笑，结果溺了裤子。

天津是产生好演员、大演员、伟大演员的圣地。从最老一辈的京剧演员"老乡亲"孙菊仙开始，天津借海河的灵气、渤海的渊源，百年来产生了多少好演员呀！譬如，最有代表性的京剧演员有尚和玉、刘赶三；评剧演员有刘翠霞、李金顺、白玉霜；河北梆子有小香水、金钢钻、韩俊卿；著名的戏剧家有曹禺、黄佐临等。这些都是天津卫的骄傲，和杨柳青年画一起，物华天宝，人杰地灵，将永远光芒四射，永不凋谢。容我在此表示我对天津市最虔诚和热烈的祝颂。

（本文有删减）

> **读与思**
>
> 城市的魅力不仅体现在宏大的建筑上，还藏在喧嚣熙攘的街巷中。作者用文字描摹天津的灵魂，表达对天津的深情，同时启发读者珍视生命中的平凡。平凡的点滴，正是城市温度与城市精神的注脚，值得用心去品味、去记录。

三条石

◎武 歆

抡大锤是一个优秀铆工的拿手好戏。要是没有摸过十八磅的大锤,还敢说自己是铆工,一定会被铆焊车间的人痛骂。他们会找个机会用烈酒灌醉你,站在旁边一边抽烟一边看你的丑态。那时候没有手机,要是现在的话,他们可能会拍下来——放心,不会发"朋友圈",只给你一个人看,让你学会如何做一个好工人,学会如何尊重一个技术职业。我的那些铆工师傅们粗中带细,非常懂得分寸,绝对不会胡来,能够教训你,但不会让你颜面尽失。

我组长师傅的话,至今犹在耳边回响。他一字一句地告诉我:"一个铁匠要从拉风箱开始,一个高僧要从打坐开始,一个练武的人要从扎马步开始;一个好铆工匠呢,一定要从抡大锤开始。抡大锤,就是铆工匠的'扎马步'。"

组长师傅这几句排比,把爱好文学的我说傻了,惊住了。后来我看见师傅们抡大锤,姿势非常漂亮,不比那些知名的雕塑逊色。

我所在的铆工班组有十二个工人,加上我就是十三个了。除了组长是我师傅,我要跟他学徒外,组里其他人也都是我师傅。他们比我年长七八岁,有几个师傅年岁更大,当时已经五十多岁了。那会儿,五十多岁的人特别显老,面皮又黑又粗,有的还因为抡大锤落下了职业病——严重的腰椎病,走路塌着腰,看上去像是年迈的老爷爷。可是没有人因为干了这份职业觉得委屈、后悔,旁人也听不到他们的抱怨。他们觉得生活就应该这样,好像他们生来就是铆工。

我是新来的学徒工，要喊他们"师傅"，也必须这么喊。这是规矩。

当然，还有其他规矩。

每天中午，除了给我的组长师傅到锅炉房取热好的饭盒，还要负责班组的"两种水"：一种水，是喝到嘴里的水；另一种水，是下班后的洗脸水。

喝的水好办。我提着一个巨大的灰色铁皮水壶，每天两次去锅炉房打来开水，放在班组中间的铁皮木桌子上。那个大水壶特别沉。我当时体重一百斤出头，腰围一尺九，提那个大水壶时，一定要倾斜着身子行走，才能找到平衡，否则根本走不了路。我不仅要用胳膊上的劲儿，还要用腰部的力量，用上半身去拖着大水壶走。

洗脸水有些麻烦，还得有一个师傅帮忙。一个大水桶，一根扁担，每天都会有一个师傅跟我搭班。快要下班时，我打来一大桶滚烫的热水。每个师傅都往自己加了凉水的小盆里倒上一些热水，先洗脸，再擦身，最后站在小铁盆里洗脚丫子，然后穿戴整齐，干干净净地下班。

贾师傅是组里年纪最大的铆工。他虽然年纪大，可是没地位，五十多岁的人了，不会看图纸。不会看图纸的铆工，只能是"大头兵"，一辈子也当不了班组长，一辈子也别想得到大家发自内心的尊重。有技术的人，从十米之外就能看出铸件哪里有问题。你不用费心，大家都服你，运气好的话，还可以当上车间主任。

我在铆焊车间待了六年，最大的感受是：在工人眼里，没有好技术、真本事，你就是天王老子，他都不怕你；甩给你一沓图纸，围成一圈看着你，能把你的脸皮看红了，能把你的脖子看得缩进腔子里，能把你看得变成一张纸，然后你自己就会乖乖地"顺"进铁板缝隙里。

那是一个崇尚技术的时代，那是一个尊崇工人的时代，那也是一个"手"的时代，绝对不是"嘴皮子"的时代。当然，那也是对精湛技术给予极高待遇的时代。那时候八级铆工挣的钱，比处长都要多，甚至有时会高过工龄少的厂长的工资。

那时候技术工人地位很高，谁要是不尊重工人，不尊重技术，不尊重师傅，绝对没有好果子吃。

我有个同学的爸爸是八级钳工，他有个徒弟。这个徒弟后来当了厂长。过年过节还有师傅的生日，那位厂长徒弟都来看望，看着师傅的眼睛，一口一个"师傅"。厂长徒弟坐在凳子上，屁股不敢坐满了，只敢坐一点边，看见师傅有事，随时站起来去服务。

我们车间也有这样的风气，我亲眼看到过不尊重技术、不尊重工人师傅的人的遭遇。

车间新来了一个技术员，个子不高，戴副白眼镜，髭须稀落。小技术员不知天高地厚，来到我们铆工组，命令我的组长师傅："你要带领工人甩开膀子干起来。这个水轮机组很重要，是支援非洲兄弟的。你一定要赶上工期，耽误了工期谁也负不起责任。"我师傅第一次看见技术员这么牛气，敢对自己指手画脚，就不动声色地故意耍他，把一寸多厚的一沓图纸拿过来，随便翻出一张，小钢棍一样的手指头指着一个斜孔，疑惑地问他："怎么打？怎么也看不明白呀！技术员，您给指点一下？"小技术员没有看出来我师傅故意为难他，认真地看了半天，说不出来，但是嘴上不服输，马上抖机灵："你们平时怎么干的就怎么干，这么点小问题还要问我呀？"我师傅不紧不慢地说："这个水轮机组咱们车间是第一次组装，以前没干过。再说了，我是工人，你是技术员，我遇到不懂的地方，不问你问谁呀？你有责任告诉我怎么干！"小技术员答不上来，满脸淌汗，支支吾吾，立刻想走。身高一米八五的我师傅，用膀子挡住他，一挥手，让我"上水"。我心领神会，马上端来一盆凉水，还顺手拿上一条毛巾，雪白的毛巾一尘不染。小技术员看着脸盆，不解地说："我不洗脸，我脸挺干净呀！"一个师傅凑上来说："谁让你洗脸呀？让你洗舌头。"小技术员更糊涂了，嘴里嘟囔着："舌头怎么洗呀……"终于，他在工人们的哄堂大笑中跑走了。那个师傅举着白毛巾，对着小技术员的背影说："这是第一次，给你拿条大的、宽的，下次就给你拿条窄的、细的……"大家又笑起来，他们都明白怎么回事，唯独我不明白此话的意思。我师傅拍拍我脑袋，指着工人们对我讲："这帮坏人！别理他们。走，叫电瓶车，跟我去钢板库。"

被教训后的小技术员，下次再看见我们，规规矩矩的，离老远就满脸笑容，仿佛脸上挂着随时会飞起来的灿烂蝴蝶。

(本文为节选)

读与思

在那个时代，"在工人眼里，没有好技术、真本事，你就是天王老子，他都不怕你"。这反映出一种质朴且纯粹的价值判断，既把能力置于身份之上，又凸显了技术在工作中的核心地位，展现了工人们对自身职业的自信，以及对技术价值的坚守。请你阅读原著，思考三条石地区是如何凭借尊重技术工人的理念，一步步推动民族工业走向繁荣的。

津南葛沽一瞥

◎邱华栋

有句老话叫"京津一家",说的就是北京和天津本来就是一家。这两个兄弟城市,距离不远,体量相当,在近现代史上关系深厚。现在,由于有了高铁和多条高速公路连接,北京和天津的距离一下子变得非常近,比方说高铁只要半个小时,汽车一个半小时就到了,跟我在北京城里上班来回时间差不多。北京人去天津,就像周末去朋友家串门一样,十分方便利索。

说到京津冀的文化,还有一句老话叫"京油子,卫嘴子,保定的狗腿子",说的是京津冀三地人的脾性。"京油子",说的是老北京人的狡黠油滑;"卫嘴子",说的是天津人的能说会道;"保定的狗腿子",说的是河北人的能屈能伸。但是,这话多少带点贬义。

现在,京津冀一体化是国家战略,这三地之间你中有我、频繁互动、比邻而居、共谋大计,肯定是大融合大发展了,京津冀的人口流动也就会更多更广了。据统计,当代北京人中,原籍河北的人口最多。

天津人和北京人都能说会道。现在北京人去天津,一是吃海鲜,二是听相声。我记得前些年我就常到天津听相声,有些女相声演员给我留下了很深的印象。由于天津是近代史上的风云城市,开埠较早,这里的西餐厅十分不错。我就有朋友常常到天津吃西餐。起士林的西餐有名,五大道还有几家不那么有名的小餐厅更好。

  这个周末，我白天还在开会忙活，傍晚坐着高铁就到天津津南的葛沽镇了。字典对"津"字的解读是：渡口。原来，天津就是天边一个渡口。好了，说白了，天津这城市的起源，就是一个大码头、大渡口。可陆地上的人到了这里，往哪里渡呢？前往大海上。从天津出渤海湾，就是茫茫大海了，可以向北、向东、向南，向那大海展开了她宽阔胸怀的远方而去。因此，天津注定是和大海有关的城市。

  天津是个大渡口、大码头，这里带"沽"的地名也特别多，比如汉沽、塘沽、大沽口、葛沽、南涧沽、大北涧沽、后沽、西大沽、东大沽、里自沽、八道沽、盘沽、泥沽等。《新华大字典》是这么解释"沽"的："沽"本义是水名，即白河，在天津北塘入海，所以"沽"又作为天津的别称。在清末，天津诗人樊彬写道："津

门七十有二沽,大波小波通水渠。"

  根据考古学家的考察,在葛沽镇一带,西汉后期就已形成自然村落,就有人在这里繁衍生息。现存邓岑子古贝壳大堤的发掘,展现出了人类生活的面貌——贝壳堤,全是海洋生物的贝壳,这里就是古代的海岸线。可见这里的人以海为生、靠海吃海,是自古有之。海水是咸的,那晒海盐产业也是这一带的人谋生的手段。北宋时期,这里因为建有宋军御辽"塘泊防线"最东端的军事寨堡——鲛鲮港,而被载入军事专著《武经总要》。约在宋代,这里逐渐形成了镇的规模。自宋以来,葛沽已经延续千年,是北方千年名镇之一。一开始叫作蛤沽,后来海河(就是沽水)北移,蛤沽也北迁了,因此改名为葛沽。

(本文为节选)

读与思

  这段文字,如同一幅徐徐展开的历史长卷,生动呈现了京津关系的紧密纽带、京津冀文化的深度交融,以及天津津南葛沽镇的历史渊源。天津这座历史文化名城,有众多带"沽"字的地名。这些地名宛如岁月的密码,隐藏着别具一格的历史文化,书写着跌宕起伏的发展变迁。请你来天津走一走,揭开它的尘封往事,探寻其中的奥秘吧!

群文探究

1.《天津颂》与《津南葛沽一瞥》中都提到了北京与天津距离不远,关系密切,但天津仍保留着自己鲜明的特色。读一读这两篇文章,你认为天津区别于其他城市的最特殊的地方是什么?

2.请你读一读武歆的《三条石》,领略纯正的"津味"小说特色,感受天津工业文化的魅力。

3. 天津是一个很有魅力的城市。你能说说"天津"这个名字的由来吗？天津有很多地名带"沽"字，比如大沽口、塘沽等。想一想：这和天津的地理环境、历史发展有着怎样的联系？

4. 若你即将踏上位于渤海之滨的天津，古文化街、五大道、意式风情区等津门景点中，哪些会被你列入必去清单？快把你的想法写下来，让这份旅行规划在思考与憧憬中变得更加完美。

研学活动：沽上风华

天津，九河下梢，京畿门户，是中西交融的"万国建筑博物馆"，是市井烟火里的曲艺之乡。它有着运河码头下的百态人间，更被誉为近代民族工业成长的摇篮。这里既有百年风云的历史积淀，又有海河奔涌的时代脉搏。让我们以脚步丈量津城，用心灵对话文化，开启一段"知天津、爱天津"的研学之旅吧！

天津，是一座可以用耳朵听、用舌头尝、用双手触摸的城市。愿你们在研学的路上，既能仰望洋楼的穹顶，读懂历史的厚重；亦能俯身市井的烟火，触摸生活的温度。海上风光无限好，沽上繁华六百年。同学，请你沿历史风光之遗迹，找寻津门故里之记忆。天津的历史等你们来探索，老城的未来等你们来开启！

【洋楼·寻踪】

凝固的时光，流动的故事

五大道、意式风情区、解放北路……千座洋楼勾勒出天津独特的"万国建筑长廊"，书写着这座城市的史诗与记忆。每一栋建筑都是一部微缩的近代史，每一扇雕花门窗后都藏着中西碰撞的传奇。

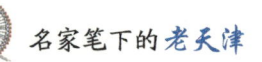

研学活动：

1. 洋楼寻迹

选择一栋特色洋楼（如梁启超饮冰室、张学良故居、曹禺故居等），查阅其历史背景，绘制"建筑档案卡"（含建筑风格、历史人物、趣闻逸事），并化身"小讲解员"录制短视频，揭秘建筑背后的风云故事。

2. 时空对话

以洋楼主人的视角（如末代皇帝溥仪、实业家周学熙等），撰写一篇穿越时空的日记，想象他们在天津的生活片段，体会历史人物的抉择与情怀。

3. 创意拼贴

收集洋楼建筑元素（拱窗、铁艺、砖雕等）的照片，设计一幅"津门洋楼地图"拼贴画，标注建筑名称与历史关键词，在班级展览中评选"最美文化地图"。

4. 我是观察员

观察五大道的罗马柱、穹顶、雕花铁门等建筑元素，分辨英式、意式、西班牙式等不同风格，并向同学们讲解。

【曲艺·拾趣】

笑靥声腔里的市井魂

天津是"曲艺之乡"，相声、快板、京韵大鼓……声声入耳，道尽百姓生活的酸甜苦辣，演绎着老城厢的烟火与文脉，跌宕起伏的笑声背后是祖祖辈辈曲艺人的声韵江湖。让我们一起走进茶馆小园，触摸非遗技艺，感受"哏都"独有的幽默与智慧。

研学活动：

1. 相声小剧场

观摩一场传统相声演出，记录最让你捧腹的"包袱"，分析其语言技巧（如谐音、夸张），并与同学合作创作一段"校园版相声"，在班会中表演。

2. 非遗体验课

在古文化街或杨柳青古镇中寻找天津三绝（"泥人张"、杨柳青年画、"风筝魏"），学习勾线、套色等技艺，查阅相关资料，记录非遗技艺的制作过程；可以尝试亲手制作，主题可选"海河风光"或"民俗节庆"，完成后可赠予家人或义卖助力非遗保护。

3. 声音档案

漫步津城市井小巷，静心聆听，录制一段关于"老城记忆"的音频（如胡同叫卖声、节庆习俗等），整理成"声音故事集"，在校园广播站播放。

【海河·溯源】

一河揽古今，津渡通天下

海河是天津的母亲河，从三岔河口到渤海湾，她见证了漕运繁华、工业崛起与生态新生。运河的记忆，见证着流淌千年的京

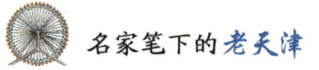

杭故事。走过一座座浮桥，触摸承载文化的城市脊梁；沿河而行，读懂一座城的兴衰与蜕变。

研学活动：

1. 桥梁工程师

徒步游览或乘坐海河游船，选取海河上一座桥梁（如解放桥、永乐桥等），研究其建筑结构、历史功能，用废旧材料制作桥梁模型，并设计一句"桥梁标语"（如"解放桥：开合来往之间，百年风雨飘摇"）。

2. 生态保护者

参与海河沿岸湿地生态调查，记录鸟类、植物种类，绘制"海河生态图谱"，撰写倡议书《保护母亲河，我们可以这样做》。

3. 津门光影家

以"海河的晨与夜"为主题，拍摄一组照片（如清晨的津湾广场与夜晚的"天津之眼"），配以短评，举办线上摄影展，评选"小小城市摄影师"。

【烟火·品味】

舌尖上的天津卫

煎饼馃子、狗不理包子、十八街麻花、耳朵眼炸糕等津味小吃不仅抚慰着人们的舌尖与味蕾，还蕴含着津门独特文化的包容与匠心。让我们走进市井巷陌，解码美食世界里的文化基因。

研学活动：

1. 早餐地图

走访西北角、南市食品街等街头早点摊，记录摊主制作早点的过程，标注特色店铺，并绘制"天津早餐地图"。

2. 美食侦探

探究一道小吃的历史渊源（如"狗不理"名称的由来、麻花的起源等），听老师傅讲传承的故事，制作图文并茂的"美食档案"，在校园文化节中开设"津味故事角"。

3. 小小厨师

举办津味美食竞赛，和父母或朋友合作，亲手制作一份津味美食，不限种类，请其他小伙伴来家里品尝。

【海洋·徜徉】

大海——天津的城市宝藏

渤海湾的浪花，轻卷着写满故事的贝壳；渤海之滨的天津港，停泊着见证光辉岁月的时光邮轮。童年拾贝的堤岸、沐浴阳光的沙滩、巍然雄伟的军舰……共同为天津这颗渤海明珠点亮来自大海的光芒。

研学活动：

1. 海洋寻宝

参观位于滨海新区的国家海洋博物馆，参与"海洋知识寻宝"

活动。同学们提前准备海洋知识清单，在参观与学习的过程中寻找答案，完成后可获得小奖品。

2. 我的海中朋友

游览天津海昌极地海洋公园，撰写《海洋生物观察日记》，记录观察到的海洋生物特点与行为，并写出自己最喜欢的海洋生物，结束后与朋友们交流分享。

3. 忆海拾贝

参观古海岸遗迹博物馆，了解海岸线后退背后的科学知识，为自己喜欢的贝壳拍照，留下关于大海的珍贵记忆。